起駕，回家

晏平樂 著

情節純屬虛構，如有雷同實屬巧合

目錄

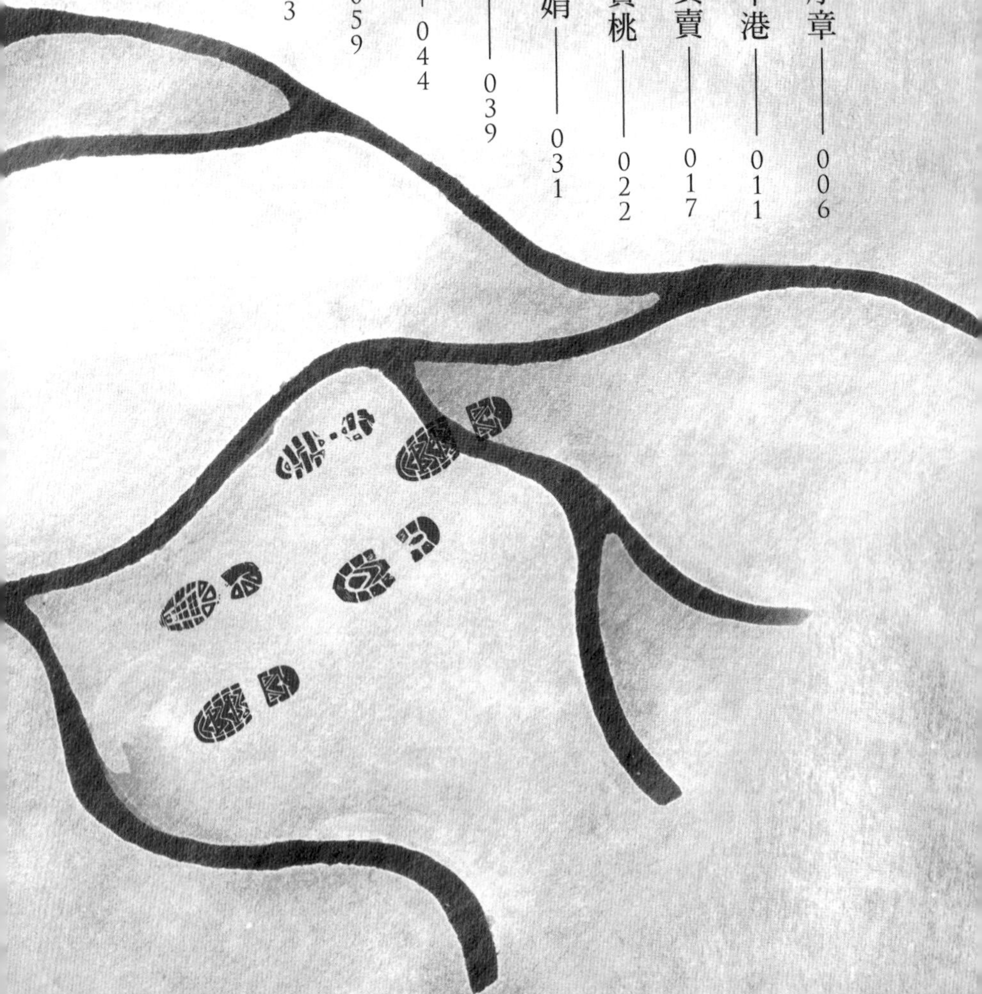

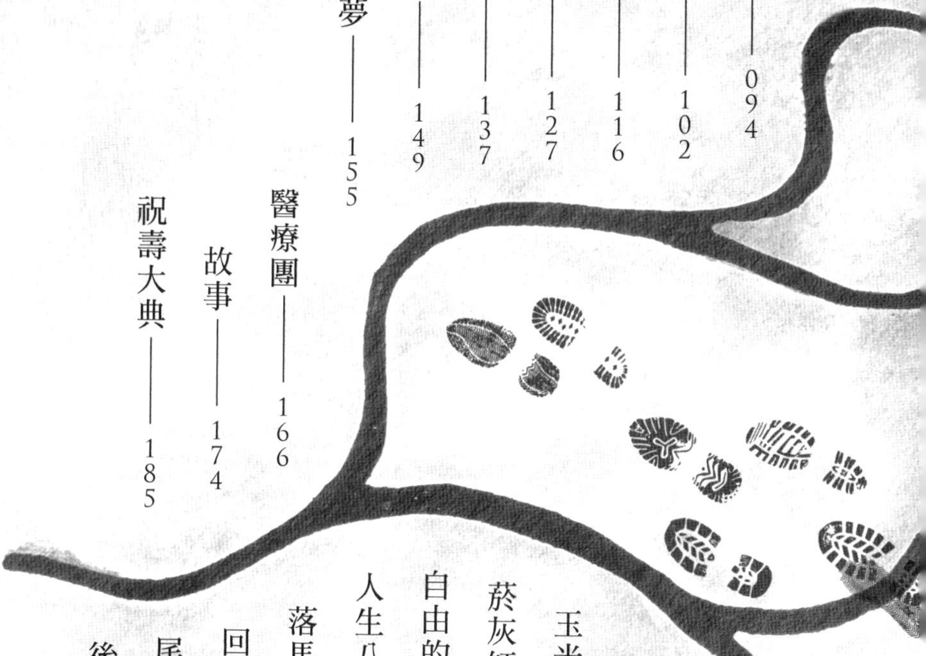

序章

那一片海，無情、且善變。

雖然孕育了萬事萬物，但是對於住在海邊的人們來說，不論多大艘的船，多有經驗的船長，一個浪頭打來說翻就翻，早上出門，下午可能就回不了家的魚寮。

生命是張狂且韌性十足的。宛如雜草般不死不休的人群，迎著黏膩的海風，對著浪濤怒吼，卻怎麼也喚不回逝去的生命。

這片海，孕育人也愁煞人。

緊鄰出海口的工廠，種了一整排木麻黃。在這靠海吃飯的魚寮邊，除了防風沙之外，隱密性也高。

然而這一天四輛進口轎車熟門熟路地開進工廠，停在門口。廠裡的老師傅、學徒，都紛紛出來探頭探腦地看著。車上下來一大票穿著黑西裝的男人。兩個穿黑衣服的年輕人蹲在門口抽菸把風，其他的魚貫進入工廠辦公室。

海風，如鐮刀般掃過，麻黃樹傳來肅殺的聲音。

有人在海上賺到錢，回家之後第一件事情就是把船賣了，換成一間工廠。哪怕日子過得苦一些，至少不用早上出門，晚上等來的只剩一句口信，白髮人送黑髮人，在這裡年年復年年地上演。

工廠的辦公室裡站滿了年輕人，除了三個人坐著之外，其他人通通站著。已經發黃的沙發上，陳肇仁泡著茶，綽號土豆的蔡正國，把手中的香菸彈進厚重的玻璃菸灰缸裡。他舉起手，旁邊的年輕人馬上將一把「貝瑞塔九〇」手槍遞上。厚重且威力十足的槍枝，宛如一塊古代的驚堂木。

在這往外多跨一步就是黑水溝的地方。衝管、武士刀已經從江湖前線退下來的年代，這顆鴨頭[1]扮演了支撐黃、賭、毒的重要權力象徵。

看到這動作，坐在對面叫做「老猴」的中年人端起桌上的茶，旁邊的年輕人馬上將手放進西裝內袋裡。

工廠裡的機器仍在運轉，金屬與金屬的碰撞聲，響徹雲霄。辦公室裡站了超過十個大男人，然而除了熱水沸騰的聲音外，卻安靜地像午後剛睡醒的仲夏。

蔡正國把槍交給陳肇仁。

陳肇仁放下茶壺，接過槍後俐落的拉動槍機，把彈匣退出來放在桌上，並且把槍膛清空，槍口朝向自己，連同彈匣一併推給老猴。

老猴喝完茶，輕拍年輕人的手示意他後退。

「仿的？」老猴拿起槍，對了一下準星，用台語說著。

「當然嘛仿的，猴大仔，正的九〇仔，一枝十八萬你買得到？」蔡正國用流利的台語回應著。

老猴點點頭，把槍放回桌上，不置可否地兩手抱胸，端詳著這枚鴨頭。

蔡正國：「猴大仔試看覓[2]？」

老猴：「還需要試嗎？土豆大仔賣的鴨頭，甘欸臭酸？」

話一說完，老猴旁邊的年輕人將一卡皮箱推過去。蔡正國讓年輕人收下。

蔡正國：「免點看覓？」

老猴：「點啥？土豆大仔的人頭紙[3]，甘欸減？」

老猴笑著沒回應，喝光了桌上的茶，轉身就往辦公室外走去。陳肇仁馬上站起來，跟著送到門口。工廠門口的廣場停了三輛進口轎車，後車廂敞開。

車子裡滿滿的都是槍枝，一條一條，有大有小，就像大船入港時，等著被卸貨的魚，生猛、新鮮，充滿了旺盛的生命力。

---

1 鴨頭：江湖黑話，指槍。

2 試看覓：tshì-khuànn-māi，試試看，台語。

3 人頭紙：指新台幣鈔票。

滿載而歸的人們，拿命去拚回來這些漁貨，就跟這車子裡的鴨頭一樣。工廠裡裡外外的師傅，全圍在車子旁看著這些槍。看到老猴跟陳肇仁出來，大家才作鳥獸散。

老猴滿意地坐上了車，率著眾人離去前，拍拍陳肇仁的肩膀，「你這個所在真的袂䆀[4]。」

陳肇仁不置可否，也沒有回應，只是幫老猴將門關上。

辦公室裡，蔡正國點了三炷香插上，並且恭敬地對神壇上媽祖神像鞠躬，陳肇仁走回辦公室的時候，蔡正國將一個牛皮紙袋放在桌上。

蔡正國：「來去啊。」

陳肇仁：「稍等欸。」

蔡正國回頭看了陳肇仁一眼。

4 袂䆀：bē-bái，不錯。

台中港

台中港，為緩解基隆、高雄兩大港口的運輸量，一九六〇年填海闢港，一九七六年，正式竣工通航，是為台灣三大海港之一。這樣的海港，雖然帶來短暫的商業與繁華，但是多少年以為能造就的十里洋場，終究不敢一把風刀。

拉不起來的高樓，就像一片焦土。不論多少年政黨輪替，在這個緊鄰著台灣海峽的港口，來來往往的貨櫃、卡車，能在這裡淘出金子的夢，仍只有來自六法全書裡不被允許、那讓人們戲稱為不合法的黑暗。

徐克導演的電影裡曾說過，「有人就有恩怨、有恩怨就有江湖。」

這裡每天上演的，就是江湖。是一個你不找它，它都會來找你，躲都躲不掉的江湖。什麼樣的光怪陸離，在這裡，就是一種日常。

魚寮裡有一群學生飛奔，四、五個男生追逐著，蔡正國穿著一身學校制服，在巷弄中穿梭。

「幹你娘，麥走！」

轉角處，兩個學生拿著球棍衝出來，蔡正國趕快改變方向，拔腿衝到廟埕前面。關二爺的神像，威武的看著被逼到無路可去的蔡正國。

大頭抓著一把菜刀，將蔡正國壓在帝君廟的階梯上，菜刀對準蔡正國的臉，輕拍著，「幹你娘，再跑啊，啊不是很會跑。」

蔡正國笑著朝旁邊吐了一口血痰。

大頭：「阿娟是誰的七仔[5]，你沒有先探聽一下嗎？」

蔡正國：「阿娟喔，是伊要跟我的，我哪知道伊是誰的七仔。」

大頭：「安捏喔，安捏我就讓你知道，林杯是誰啦。」

蔡正國：「拜託欸，免吼，懶覺比我小支的，我都不會記得，足緊阿娟嘛袂記得，伊欸變成我的形狀啦。」

「幹！」大頭抓起菜刀就往蔡正國腿上砍。

手起刀落的瞬間，一條人影衝出來，一腳踢飛那把刀。

是陳肇仁，帥氣的他揹著書包穿著制服，昨天晚上才在巷子口的男士理髮剃了一顆帥氣的山本頭，身手俐落地撿起掉在地上的刀，架在大頭的脖子上。

大頭指著陳肇仁：「阿仁，沒你的代誌喔。」陳肇仁把大頭摁在帝君廟的階梯上。

「欸欸，別亂來。」大頭大喊，陳肇仁對著那些把他們團團圍住的年輕人吼：「退後，通通退後。」

蔡正國笑著從地上站起來。

大頭趕快揮手：「退後啦。」

5 七仔：tshit-á，女朋友，台語。

蔡正國拍拍大頭肥肥的臉頰，然後慢慢地把手往下。一把抓住大頭的老二，大頭痛得表情全揪在一起。

蔡正國：「幹，說你懶覺比我小支你還不承認，拜託一下，林杯ＸＬ的好不好，你這個S的，沒辦法滿足阿娟啦。」

「刀放下來，有話好好說啦。」大頭哭喊著。

陳肇仁：「叫你的人後退。」

大頭瞪著陳肇仁：「你要挺伊就對了？」

陳肇仁：「伊系我欸兄弟啦。」

「好。」大頭把脖子拉長：「幹，有才調乎我細啦！」

陳肇仁跟蔡正國都愣住了。

大頭突然發狠一把抓住刀背：「我就知道你不敢，打啦。」

陳肇仁沒想要真的幹掉大頭，這個年紀，張牙舞爪、生命旺盛，但是沒有誰要讓誰非死不可。

菜刀被扔到一旁，十幾個年輕人衝上來，頓時間拳腳紛飛。

◆

帝君廟裡，兩個年輕人跪著。一人手拿三炷香，滿臉鼻青臉腫，但是臉上卻有相知相惜的熱血與義氣。

蔡正國：「弟子蔡正國，今天在二爺面前結拜。」

陳肇仁：「弟子陳肇仁，今天在二爺面前結拜。」

兩人陷入一陣沉默，彼此對看一眼，陳肇仁擠眉弄眼地要蔡正國繼續說下去。

但是蔡正國也詞窮，眼珠子轉來轉去，一句話都說不出來。

蔡正國：「啊再來要講什麼？」

陳肇仁：「我哪知道要講什麼。」

蔡正國想了一下，然後大聲地開口說。

蔡正國：「弟子土豆，今天在二爺面前跟阿仁結拜，望二爺保佑。」

陳肇仁：「就這樣？」

蔡正國：「這樣就好了，不然哩，還要殺雞宰羊喔？」蔡正國拿著香，走到天公爐前，把三柱香插進去。

拿著兩個護身符在爐上繞了三圈，最後把一個護身符交給陳肇仁。

陳肇仁：「什麼東西？」

蔡正國：「平安符啦，今天過後，我們就是兄弟了，一人一個，古有桃園三結義，今有土豆仁結拜，不求同年同月同日生、但求同年同月同日死。」

陳肇仁：「幹，作詩哩。」

蔡正國：「你才知道，我是欠栽培。」

買賣

人來人往的彈子房，吵雜、煙霧瀰漫，各種香菸，嬉鬧聲充斥著。隨著球桿推動，一球又一球的撞擊聲響徹每一個角落，那聲音彷彿是賀爾蒙旺盛的年輕男女所嚮往。陳肇仁彎著腰，關聖帝君的護身符被他收進前口袋。

球檯邊，蔡正國抽著菸，葉成新坐在他身旁。桌上，一張小卡片，滿地都是被他們喝光的台灣啤酒空酒罐跟長壽牌菸蒂，卡片上寫著「鼎金鴨場[6]：聯絡人小趙。」

6 鴨場：江湖黑話，指提供槍枝買賣的源頭。

葉成新：「找你就是為了做一筆大的，敢不敢啦。」

蔡正國：「到底是多大？甘有我的覽趴這麼大？」

陳肇仁走過來，換蔡正國上場，他握著球桿，將九號球瞄準底袋。

葉成新：「我進出貨的客戶都找到了，現在就差資金。」

蔡正國：「廢話，我看起來像有資金的人嗎？」

葉成新：「資金滿地都是，看你有腳數[7]去拿無啦。」

陳肇仁：「賣相害啦，台中港系陳董咧扞[8]，你有什麼路是陳董不知道的？」

提到陳董，三個人頓時間都沉默下來。

過了許久，葉成新才說：「陳董的手，也沒有大到盛海水都不會漏。」

陳肇仁：「所以你有辦法？」

葉成新：「放心啦，我就說進出貨都找好了，就差資金，鴨場的聯絡方式也讓你們看了，還覺得我會騙你們嗎？」

陳肇仁皺起眉頭：「阮會再考慮看看啦。」

葉成新：「是還要考慮什麼啦？」

蔡正國拿著巧克，摩擦著球桿：「幹，你當作賊頭[9]都是塑膠的喔。」

陳肇仁：「給我們想兩天啦，後天給你答案。」

葉成新雖然不是很滿意這個答案，但是俗話說，強扭的瓜不甜，現在硬要他們做決定也不是辦法。

將小卡片放進蔡正國的口袋，他輕拍了兩下：「要不要早點給我答案，你不要，很多人排隊。」

葉成新離開撞球場之後，他們兩個默默打著球。過了整整三局，兩人一句話都沒有。球場裡，只有一桿又一桿的撞擊聲，然而原本互有領先的兩人，隨

7 腳數：kioh-siàu，指人的膽識，台語。
8 咧扞：leh- huānn，掌管，台語。
9 賊頭：江湖黑話，指警察。

著時間拉長，陳肇仁越贏越多，蔡正國漸漸落後。

直到太陽西下。

陳肇仁收起球桿不打了：「你想賺這一票？」

畢竟是兄弟，彼此到底有多少球技都很清楚，從最後蔡正國去結帳的背影，陳肇仁就可以看得出來，心不在焉的他，想的全是那張鴨場的名片。

蔡正國：「機會不是常常有。」

陳肇仁：「不是我沒膽，但是黑面這個人，我不欣賞。」

蔡正國：「我才不管他這人怎麼樣，人頭紙不會認人。」

陳肇仁：「如果他叫你去搶銀行呢？」

蔡正國沉默著。

陳肇仁：「幹，我是愛玩，但不是不怕死捏。」

蔡正國：「如果我一定要去，你會跟我一起嗎？」

陳肇仁皺起眉頭，沒有回話。

蔡正國：「想啥啦？」

陳肇仁：「我在想有沒有比較保險的方法。」

蔡正國非常高興的一把勾住他的脖子：「幹，我就知道你不會放我一個，兄弟齊心，其利斷金。」

陳肇仁：「靠杯啊，沒想到方法前不要亂答應啦。」

蔡正國嬉皮笑臉的說：「富貴險中求啊，兄弟。」

李貴桃

夜晚的小鄉村，掛起三三兩兩的霓虹燈。

這裡沒有祕密。晚上一到，家家戶戶串門子的婆婆媽媽們就開始出動，家長裡短地說著誰家小孩今天又做了些什麼。麻將聲此起彼落，賭桌上的金額，一點都不輸給國外賭場。

一個早就喝得醉醺醺又沒戴安全帽的大叔，歪歪斜斜地騎著偉士牌，直挺挺撞上電線杆，然後倒在地上，露出啤酒肚，直接就呼呼大睡。來來往往的居民看到這大叔的模樣，也不驚訝，只是打了電話請他家裡人來路邊將他撿走。如果這樣的事情發生在都市，可能已經上了社會版，然而這卻好像只是他們習以為常的生活。

蔡正國跟陳肇仁走出撞球場，結果遠遠地就看到李貴桃站在撞球場外，地上有一籃剛從黃昏市場買來的菜。

蔡正國馬上用手肘頂了陳肇仁：「欸，你母阿。」

表情非常嚴肅，陳肇仁趕快走過去。

陳肇仁：「媽，你怎麼在這裡？」

李貴桃：「黑面仔找你們做什麼？」

陳肇仁：「沒有啦，媽，不要亂想啦。」

對於陳肇仁輕挑的態度，李貴桃甩開他的手，氣得東張西望，最後在牆角看到好幾根準備廢棄的球桿。

她一把抓起球桿，氣得手都在顫抖了。

「說，黑面仔找你們做什麼？」李貴桃用盡了力氣吼著。

陳肇仁：「無啦，媽，真的沒事啦。」

李貴桃直接拿著球桿往陳肇仁腿上打。

「啪！」

巨大的聲響在陳肇仁腿上響起，撞球場的人紛紛轉頭看著這場好戲。陳肇仁被打得腿縮了起來，還沒來得及反應，李貴桃就舉起球桿又抽下去。

「啪！」

第二下，撞球桿當場被抽斷，不只陳肇仁被打到不斷後退，蔡正國也東躲西躲，就怕被李貴桃的怒火波及。

最後李貴桃才把球桿往地上一扔，球桿甩在水泥地上濺起的木屑，就好像李貴桃被刺痛的心。支離破碎，卻又尖銳無比。

李貴桃：「跪下。」

陳肇仁：「母阿。」

李貴桃：「不用叫，跪下。」

撞球場裡很多人貼在玻璃上看著他們，而陳肇仁只好緩緩跪下，一個整天裝個人五人六的大男孩，在眾人面前下跪。

魚寮不大，這件事情明天一早一定被傳得滿街坊鄰居都知道。看到陳肇仁跪下之後，李貴桃倔強地把臉上淚水擦掉。

「還記得你爸怎麼死的嗎？」李貴桃說著。

「母阿。」陳肇仁無奈地喊著。

「那個人，放某放囝出海跑船，一去就是三冬，說回來要起大厝，結果呢，回來不到三個月就肝癌走了，還記得嗎？」李貴桃嚴肅地說。

陳肇仁點點頭：「記得啦。」

李貴桃：「你尚好欸記得，你爸死得早，我不會教孩子，但是那個黑面不是什麼好人，你別忘了你這條命，細漢時是媽祖婆幫你撿回來的。」

陳肇仁：「媽。」

李貴桃：「我的話有聽到嗎？」

陳肇仁：「有啦。」

李貴桃氣得轉頭看別的地方，用手擦掉眼淚，陳肇仁站起來，輕拍母親的背，給了蔡正國一個眼神，蔡正國趕快從旁邊溜掉。

蔡正國：「阿嬸，我先走了。」

◆

陳肇仁：「黑面到底要做什麼？」

蔡正國：「你還是不要聽啦。」

陳肇仁：「是不是兄弟？」

蔡正國：「你母阿這樣，我不想下回她撞球桿是削在我腳上。」

陳肇仁：「說啦！」

蔡正國拿起地上的啤酒罐，仰頭喝了一口，看著遠方沒說話，不像一般的大廟，這裡關聖帝君廟的廟口，沒有熱鬧繁華的夜市，沒有絡繹不絕的香客，有的只是旁邊一間水果行，隔壁一家雜貨店。

關二爺早年面的是一望無際的大海，後來政府實施填海計劃，把海岸線往外拓展，如果早個五十年，這一片廣場就是台灣海峽。

遠渡黑水溝過來的人們在這裡上了岸，然後落地生根，靠海維生。陳錦郎曾說過，他家的魚池就是大海，想吃什麼，海裡抓，現撈的海鮮，最新鮮；靠這一片海，他可以讓陳肇仁上學、唸書、娶媳婦，只要陳肇仁能讀書，不管多高，他都會把他盛上去。

那是陳肇仁十歲的事情，也是他父親出海前的兩年。然而這個承諾只剩下一段遙遠的記憶。

他的父親皮膚很黑、頭髮短短的，手臂很粗壯，就像一般的討海人那樣。尤其是在院子前，他父親吆喝著九個兄弟，一人一口酒，豪氣干雲的結拜模樣，永遠永遠都烙印在他那小小的心靈中，直到他倒下。

蔡正國：「黑面說，他那條生意要買三百顆鴨頭，鴨場他找好了、買鴨頭的人客也有了，但是需要資金周轉。」

陳肇仁：「要多少？」

蔡正國：「不要問啦。」

陳肇仁：「啊你們打算怎麼做？」

蔡正國：「阿娟說，上次她表姊結婚，她有陪她去挑金子，巷子口那間金寶珍的老闆，老憨老憨。」

陳肇仁：「你們要搶？」

蔡正國：「免緊張啦，先用騙的騙看看。」

陳肇仁：「黑面不是好人。」

蔡正國：「幹，廢話，好人壞人重要嗎？我們這個庄仔頭出海沒回來的，大海甘有分好人壞人？我知道你是顧慮你媽啦。」

陳肇仁：「土豆，不是我媽的關係，黑面這個人騙不到就要搶、搶不到就要殺，你跟這種人走闖，早晚出代誌啦。」

蔡正國抖著腳，落下的菸頭好像落下的雪，帶著點點火星，在他鞋底熄滅。

蔡正國拿起放在地上的啤酒，酒瓶跟陳肇仁碰了一下。
蔡正國：「啊不要說這個，喝啦。」
陳肇仁：「反正我該說的都說了。」
蔡正國：「是說你今年不會真的要去吧？」
阿仁沒說話，只是看著遠方，蔡正國雙手合十取笑他。
蔡正國：「幹，遶境[10]捏，有沒有這麼虔誠啦。」
陳肇仁還是沒有回應。
蔡正國大笑著：「幹，平平一天，我要去搶銀樓，你要去遶境，你掛二爺的護身符去遶境，不怕被媽祖婆打屁股喔？」

10 本書使用「遶境」而不使用「遶境進香」，係由於台灣早年，大甲媽往北港謁祖進香被稱作「回娘家」，後來經大甲鎮瀾宮澄清且改道新港後，原本的「謁祖進香」也改為「遶境進香」，而因進香一詞，仍有刈火、謁祖之意，所以近年多以「大甲媽祖觀光文化節」為正式活動名稱，進香一詞在本文中也盡量淡化，故事中一律稱為「遶境」。

陳肇仁：「靠杯啊，你煩惱你自己就好。」

蔡正國突然嚴肅地說：「欸，拜託你一件事好不好？」

陳肇仁：「三小啦？」

蔡正國：「這次我如果出代誌，阿娟稍微幫我照顧一下。」

陳肇仁：「誰？」

蔡正國：「賣佯生[11]，王秀娟啦。」

11 佯生：tènn-tshenn，裝蒜，罵人假糊塗，台語。

王秀娟

三樓透天厝裡，麻將聲此起彼落。吊扇旋轉著，發出咿咿呀呀難聽的金屬聲響，年久失修的地磚，透露這房子的主人似乎曾經有過某段時間的風華。

但是現在，這房子裡除了麻將間依然熱鬧之外，其他地方都跟玄關處的紅龍魚一樣乾瘦，只能毫無生機的在這小池子裡來回游動。

自以為還能保持一絲優雅與霸氣，其實那發黃、沒人清理的魚缸早已將牠出賣。曾經有過的豪華與貴氣，只被留在了曾經。

四個女人圍著一張桌子，臉上早沒有了少女的空靈，有的只是一身甩不去的肥肉，以及歲月在她們臉上爬滿的風霜和滿頭大汗的油膩。眼神就和那條將死不死的紅龍魚一個樣。

桌上的牛皮紙寫著五位數字的輸贏計算，菸灰缸裡早已滿出來的菸頭；水槽裡沒人清理的髒污碗盤，蚊蠅、蟑螂在廚房橫行霸道。

小房間裡讓人無法接受的霉味，潮濕的被褥，牆壁上滿是汙濁不堪的黑點，沒人在意也沒人理會，有的只是夾雜在麻將聲中的女孩呻吟聲。

緊緊壓著赤裸的蔡正國，兩腿誘人的分開，滿臉潮紅、香汗淋漓，雙眼迷濛地擺動腰肢；在百無聊賴的午後，她抽搐著身子，光滑又白皙的大腿，努力夾緊男孩的腰，最後弓起的身子軟倒在蔡正國懷中。

院子裡滿地無人清掃的落葉，隨時光腐爛在土中。劇烈喘著氣的兩人，彷彿在彼此身體上尋找著相同的味道。肌膚緊緊貼著對方，青春的軀體總是迷幻對方的本錢。

她就是王秀娟。

「你爸不是回來了？」蔡正國摟著王秀娟問。

王秀娟枕著蔡正國的肩膀，弓起赤裸的身體，將兩人的腿纏在一起。

王秀娟：「昨天被賊頭帶走了。」

蔡正國：「又被帶走了？為什麼？」

王秀娟：「還是因為藥仔啊。」

蔡正國：「他白痴喔，不是在籠子裡面被勒戒了？」

王秀娟：「戒了啊。」

蔡正國：「戒了怎麼還被帶走？」

王秀娟：「因為他這次不是自己吸，是賣給別人吸，關十冬出來，變成中盤商了。」語氣中帶著些許戲謔，彷彿在談論的人是個陌生人。

蔡正國：「靠杯啊，啊這次要關多久？」

王秀娟：「假釋期販毒，可能要加重刑期，進去十七年吧。」

蔡正國：「幹，等他出來，咱三十五歲了捏。」

王秀娟平躺在床上，點了一根菸，看著那斑剝的天花板。

王復華進去的時候，王秀娟八歲，根本不懂父親為什麼突然從生命裡消失，在那個最需要父愛的年紀，父親這個詞，在她的生命中只剩下久久一次，在台中監獄的會面室可以見到。

記得第一次去看父親。進去之前，她媽媽特地買了一桶炸雞想好好慰勞一下王復華。結果進了會客室之後，獄中的大哥直接把整桶炸雞端走，發給所有在獄中的夥伴。不僅留下錯愕的王秀娟，他們臨走時，那些刺龍刺鳳的大哥們還用剛吃完炸雞的油膩膩手指，捏了王秀娟的臉頰，稱讚她長得可愛。

從那之後，王秀娟就很少去獄中探望父親，因為被吃光光的炸雞，也因為她不喜歡那裡的氛圍。

直到前幾天，王復華好不容易假釋出獄，在家裡開了伙，用獄中學到的新技能，煎了一片看不出來是蛋餅還是鬆餅的麵餅給她吃。

然後就沒有然後了。

水槽裡那堆被蟑螂、螞蟻佔據的鍋碗瓢盆，還殘留著麵粉。彷彿沒有人在意，彷彿這個家從來沒有這個人回來過。

在北風起的時候，有人問過王秀娟的母親，會不會捨不得王復華。王秀娟的母親點起了菸。一個女人，有多少個十年，又有多少個十七年可以等？但是她並沒有露出什麼哀傷的神情，甚至沒有回答。

只是把手中的發財往桌上一扣，然後宛如推倒了一城的牆壁那樣瀟灑：「到了，單吊發財，門清一摸三，對對胡，四暗刻，你們這次死定了喔，算錢算錢。」

從八歲的小女孩，變成三十五歲的女人，錯過了女兒的青春與成長也就罷了，王秀娟的母親，被耽誤的人生，又該誰來負責？

年輕男女抽著菸，看著天花板。

床鋪上一個又一個被香菸燒破的洞，彷彿他們還沒正式開始，就已經千瘡百孔的人生。

「所以這次，你跟阿仁決定要對金寶珍動手喔？」王秀娟問。

「不是阿仁啦。」蔡正國坐起來。

王秀娟：「不是阿仁？不然是誰？你們不是結拜的嗎？」

蔡正國：「結拜喔，唉唷，他母阿，不好處理。」

王秀娟：「哪有什麼不好處理，難道他不講義氣？」

蔡正國：「話不是這樣說啦。」

王秀娟：「不然怎麼說。」

蔡正國不想跟王秀君繼續糾纏下去，話鋒一轉想多問點金寶珍的消息：「啊妳表姊現在過得怎麼樣？」

王秀娟冷笑著：「喔，那天結婚你不是也有去，你說表姊的伴娘，有一個叫小文的，長得很漂亮，還記得嗎？」

蔡正國：「記得啊，我們走的時候還有跟她合照，不是說妳表姊夫的伴郎還想要她的聯絡方式。」

王秀娟：「她懷了我表姊夫的小孩。」

蔡正國：「啥小哩？」

王秀娟：「她生得那麼水，你們查圃人不是都這樣，看人家水就想要騎啊。」

輕描淡寫的一段話，就像一盆冷水直接澆熄了蔡正國心中可能有的幻想。

荒唐的人生在這個小地方每天上演。不是只有蔡正國，也不是只有王秀娟的家裡有，家家戶戶，誰家沒有一些無法對外人言說的故事；五十多歲的診所醫生，兢兢業業守一輩子的家，撫養女兒一個一個長大成人之後，終於捨了糟糠妻，轉頭跟隔壁人家的妻子偷情，還金屋藏嬌的大有人在。

更何況，他們青春正好。黃、賭、毒，是這裡離不開的共同語言，或者退一步說，這些讓人離不開的，是人性。

王秀娟把衣服穿起來，然後從日曆上撕下一張，在後面畫了個地圖，遞給蔡正國。

蔡正國：「這啥？」

王秀娟：「地圖啦，到時候真的去搶，如果出事，要記得這個地圖，就知道從哪裡跑比較方便。」

蔡正國：「幹，我還需要妳教我。」

王秀娟：「說真的啦，隔壁就是一個市場，媽祖起駕那一天，一定人山人海，如果賊頭找人，躲進去就對了，保證他們抓不到人。」

蔡正國：「啊妳不是說，老闆老憨老憨？」

王秀娟：「老闆老憨老憨，但是媽祖要出城，說不定他兒子會回來啊，你拿著沒壞處啦。」

蔡正國：「幹，關心我喔。」

王秀娟：「靠杯啊，誰關心你啦。」

鎮瀾宮

鎮瀾宮內被擠得水洩不通。各家媒體一大清早就提前來廟裡卡位，架高的腳架、充滿電力的電池；廟埕外面，各處宮廟、陣頭紛紛集結，有的王爺，大旗、鑼鼓開場，八家將踩著三步儀，威風八面的穿過順天路，頭旗踩著七星步，宛如掃開幽冥兩岸。

媽祖準備起駕的那一天，記者、藝人們匯聚在鎮瀾宮廟內，鐘鼓齊鳴的宮廟，在這偏僻的小鄉鎮匯聚起日常清冷的街道。千里眼、順風耳將軍踏著將軍步，緩慢地在人群中進城。鞭炮將天空掩蓋上了一層灰，媽祖婆的威儀，端坐於廟中，遠眺著台灣海峽，彷彿保佑著來來往往的人們平安。

隨香旗一支接著一支售出，各家商鋪的老闆紛紛在旗子上幫人們寫上地址、姓名，掛上紅繩，綁好鎮瀾宮的平安符，象徵彷彿過海關的大印落下，在那紅、黃兩色的隨香旗上面印上了朱紅的力量。

為隨香客提供的素食點心攤，宛如流水席般鋪開，雖然歷年來陣頭團都有「點心不上桌」的慣例，但是因應時代的進步，特地擺開了朱紅色的桌子，彷彿象徵著和過去做一場世代的交替。準備來賺外快的小吃攤販，從順天路一直蔓延到大甲溪橋兩邊，隨著太陽越往西斜，人潮不僅沒有散去的跡象，甚至越來越熱鬧，各家媒體爭相報導，新聞紛紛上線。

金寶珍銀樓裡，七十五歲的老闆金大成坐在躺椅上，任由電視畫面播送，吹著已經為銀樓服務了十年的大同電風扇打盹，不管門外吉普車上的大鼓陣多認真努力地打出沉重的聲音，新式的電音陣頭在長輩眼中不入流的粉墨登場，對他老人家來說就像兩個世界。

或許有些人覺得這是一生可以參加一次的媽祖遶境，但是對這裡的居民來說，這就是每年一度的日常。然而這種人擠人的場面，根本不會因為時間長短而消化，要一直等到子時，媽祖婆起駕後，緩慢地擠過大甲「水尾橋」後才會稍稍緩解。

金寶珍銀樓外。

黑面拉動槍機，並且將一把仿製的九〇手槍交給蔡正國。蔡正國拉起了黑色的領巾，兩人壓低帽子，走進銀樓。

「放炮喔！」

路上某家陣頭團的班主大喊一聲後，點燃地上的鞭炮，頓時間人潮走避。炮聲連天，炸開的紅紙宛如秋天落下的楓紅，燦爛又奪目，活力四射、載歌載舞。

只是金寶珍銀樓外，金順炷一開門就看到兩個蒙面歹徒，正一盤又一盤的將他家的金子往包包裡裝，而他的父親就被綑在椅子上。

金順炷急得退出門外，按下警鈴並且把大門鎖上，銀樓裡警鈴大作，蔡正國瘋狂衝撞大門。金順灶同時按下鐵捲門，想把門放下來讓歹徒鎖死在銀樓內。

葉成新怒了。他推開蔡正國，手槍對準玻璃門，然後藉著門外的鑼鼓喧天，肆無忌憚的擊發。

「嘩啦！」玻璃門碎裂。

蔡正國抓起裝滿金飾的包包跟葉成新衝出銀樓，連拉鍊都來不及拉上的背包裡，甩出來的金項鍊，一條要價都是五位數起跳。一出門外，葉成新毫不猶豫直接對著金順灶開槍。

「磅！」

金順灶倒下去的時候，蔡正國抱著頭，不可置信地看著葉成新——就應了阿仁的話，黑面這個人偷不到就搶、搶不到就殺。

不講道義，不想跟他來往。葉成新一把將蔡正國手裡的包包搶過來，蔡正國沒講話，只是看著葉成新的槍口對準了自己，然後他轉身拔腿就跑。

銀樓裡，看著自己的兒子倒在血泊中的老人家，落下淚，眼神中充滿了希望蔡正國救救他兒子的期盼。然而警鈴聲宛如蔡正國的喪鐘。他也轉身，扔下奄奄一息的金順灶，此刻的他只想逃得遠遠的。

香火袋

傳統的三合院，很多人家裡的大灶早就已經敲掉，就好像這整個世代，越來越快速，工業發展越來越興盛，傳統的農業漸漸沒落；本來每個家庭賴以為生的灶，一個一個走進了被淘汰的命運，敲成了一堆殘磚敗瓦，然後扔進鰲峰山或者大甲溪，替代成瓦斯鋼瓶。大街小巷，家家戶戶都有一個這樣的鋼瓶。瓦斯業者騎著野狼一二五載運著，彷彿不把灶敲掉就是跟不上時代；宛如一個等死的暮垂老人，與那些扔進灶中的乾木柴一樣，發出對時代的悲鳴聲。

然而陳肇仁家的灶還沒敲掉。因為他是一個念舊的人。他總記得小時候，因為喜歡透過紅磚的縫隙看著灶裡高溫燃燒的柴火，甚至有好幾次想伸手去摸，李貴桃越說不可以摸，陳肇仁就越想去試試看。

最後父親看不下去了，抓著陳肇仁的手就往那滾燙的灶上小鐵門碰下去。雖然只有一瞬間，但是陳肇仁被燙得哇哇大叫。

李貴桃趕快過來抱著他，並且抱怨天底下哪有這麼狠心的父親。但是陳錦郎板起臉，嚴肅地告訴李貴桃，「痛一次，就知道那裡不能碰。」

小時的陳肇仁不懂，有好長一段時間看到父親都害怕得遠遠躲開。直到後來時代變了，看著那空蕩蕩的灶，三合院不用再燒火了，只是父親的生命也像這灶一樣，走到了盡頭。

陳肇仁不願意把這個灶敲掉，在上面擺了一個非常矛盾的現代化瓦斯爐。安裝的師傅曾好心問他要不要把灶敲掉，現在他們公司安裝瓦斯爐只要加錢，就可以免費幫客戶移除舊灶，並且把磚頭運走。

陳肇仁拒絕了。不管外面時代怎麼改變，變得有多進步、多快速，或許這裡畢竟是鄉下的緣故，沒有受到這麼多的資訊影響，所以人心還可以保有一塊淨土，聽著灶裡嗶嗶剝剝的燒柴聲，歲月、靜好。

李貴桃把瓦斯爐移去旁邊，掀開灶上的鍋蓋，熱氣蒸騰而出；儘管有瓦斯爐，但是對於一些傳統食物，李貴桃還是堅持用大灶蒸。很多人問她為什麼這樣做？李貴桃總是說，用灶蒸的比較有味道；至於是什麼味道？她說不上來，也沒有人說的上來，只是既然她堅持，陳肇仁也不會多說什麼，更何況，李貴桃用大灶蒸出來的食物格外好吃。

好比說這一籠的粽子。桌上擺了滿滿的食物，神明廳的桌上，一支隨香旗被壽金夾住，橫放在陳家祖先牌位旁邊，旗子前面的小香爐插上三炷香。這隨香旗是新的，今天早上，李貴桃趕了一個大早去鎮瀾宮買的，綁了已過火的平安符，就等陳肇仁出發的時候，親自去媽祖廟跟媽祖婆「起馬」。

「起馬」的意思，是每個隨香客要出發前，都會拿著隨香旗到媽祖廟前，跟媽祖婆說，這段時間要跟隨媽祖婆往嘉義遶境，並且要先出發了，請媽祖婆保佑這一路平安。說完以後，旗子要過火，完成這道手續就可以出發上路。

神明桌旁邊，斗笠、袖套、背包、睡袋一應俱全，陳肇仁把這些東西全往「手推車」裡塞。這台手推車其實就是一台送瓦斯的推車，李貴桃吃了秤砣鐵了心，今年一定要陳肇仁去遶境，所以早請鐵工廠的師傅幫這手推車加上一個前輪，希望能幫陳肇仁減輕一些負擔，也不用扛著背包增加負擔。

李貴桃說，她是看到去年開始有隨香客用手推車遶境，她覺得這是一個好方法，所以跟著一個大哥學著製作這種東西，為的就是讓陳肇仁能順利完成這段路。

八天七夜，勢在必行。

「你為什麼不跟土豆一起去？」王秀娟站在陳肇仁身旁，不開心地說著。陳肇仁沒有回應她，只是低頭繼續收拾行李。

王秀娟：「你回答我啊。」

陳肇仁：「麥亂啦。」

王秀娟：「沒義氣。」

陳肇仁：「他叫我去我不去就是沒義氣，那我叫他不要去，他怎麼不聽我的。」

這時候，廚房傳來李貴桃的聲音：「阿仁啊。」

李貴桃從廚房走出來，王秀娟趕快把抓著陳肇仁的手鬆開。

王秀娟：「阿嬸。」

李貴桃點點頭，拉著陳肇仁的手：「粽好了，來吃一吃就去起馬，再來三天要食菜[12]。」

李貴桃拉著陳肇仁要進廚房，但是陳肇仁抓著背包，眼神裡還有著猶豫。

王秀娟看著他，透著不甘心。

大大的花布圓桌，碗公裡放兩顆素粽，在暈黃的燈光下，熱氣蒸騰著。

王秀娟走進廚房小聲地對他說：「你不去他會死啦。」

李貴桃不高興地把手上的筷子，往桌上一拍。

「啪！」

陳肇仁跟王秀娟都嚇了一跳。李貴桃站起來，盛了一碗湯遞給陳肇仁：「喝湯啦。」

王秀娟把心一橫，伸手將脖子上的護身符拿出來，那是一個紅色的香火袋，上面繡了關聖帝君。是阿仁跟土豆結拜時候的那一個，他們倆人，一人一個。

王秀娟把香火袋塞進陳肇仁手裡：「你們結拜的捏。」看著這香火袋，陳肇仁緊握著拳頭，咬著牙突然轉身。

陳肇仁：「媽，我先出去一下。」

李貴桃喊著：「阿仁！」

12 食菜：tsia̍h-tshài，吃素，台語。

陳肇仁才剛剛走出三合院外，就看到一個人從遠方跌跌撞撞地跑過來。不只他愣住了，連跟在他後面衝出門的王秀娟和李貴桃都愣住了。

因為這人正是土豆，蔡正國。蔡正國倉皇地摔倒在陳肇仁面前，葉成新給他的那把仿製九〇手槍還掉在地上。

陳肇仁回頭看了李貴桃一眼，連忙把蔡正國扶起來，也不管母親有沒有看到，趕快將槍塞回蔡正國的褲子裡。

陳肇仁：「怎麼樣了？」

蔡正國：「幹，給我躲一下、給我躲一下，賊頭在抓。」

陳肇仁豎起耳朵，聽到遠處傳來的警笛聲，忽遠忽近的，在這寧靜的鄉下，好像地府裡面傳出來的索命聲音。這個聲音對於一般人來說，行得正、坐得直，不怕被找上門。晚上聽到這聲音，有時候反而是一種安心的保證，就好像有人隨時守著這一方小村莊的老百姓；但是對於做了虧心事的人來說，這聲音無疑是把他們躡手躡腳壯起的膽子打回原形，讓他們表面上看起來體面的生活，打回下水溝裡去當一隻過街老鼠，骯髒的蟲子。

李貴桃把臉別開，看都不想看蔡正國一眼。她不用看也知道，肯定沒好事，因為這個魚寮裡，這種事情、這種神情，天天都有人在上演。王秀娟則是趕快抱著蔡正國，他們兩個用祈求的眼神看著陳肇仁。

警笛聲由遠而近，來到了三合院外面，閃爍的紅白色巡邏燈已經照得牆角邊、草叢間到處都是。

警笛聲關了，兩名員警下車，蔡正國緊緊抓著陳肇仁的手。他們兩個是結拜兄弟，他相信陳肇仁會救他，他們兩個可是拜過二爺的換帖兄弟。如果陳肇仁沒有一個豪氣干雲的父親，如果陳肇仁稍微自私一點，或許他就會直接把蔡正國給交出去。

偏偏他的身體裡留著陳家的血液。那一年陳錦郎在這個三合院的廣場，吆喝著十個兄弟結拜，歃血為盟、斬了雞頭，村子裡的年輕人無不羨慕他們十個，那種鐵血一般的義氣，今生求都求不來的情感。哪怕是親兄弟，都沒有那一天他們所流露出來的熱血與連結。

但是諷刺的是，這種一時無兩的意氣風發也就只存在那一天。那一天之後，某個兄弟搞上了另一個兄弟的妻子；某個兄弟為了簽大家樂，跟另一個兄弟翻臉；某個兄弟在某個兄弟的賭場欠下一屁股債，然後跑路到東南亞去了。

十個兄弟，分崩離析，死的死、傷的傷、逃的逃，短短幾年，當年的歃血為盟，剩下唏噓；只有陳錦郎跟蔡成雄，他們兩個號稱肝膽相照。

直到陳錦郎遠洋漁船回來。這小漁村靠海，人的習性也跟海一樣，弱肉強食，大魚吃小魚、小魚吃蝦米。必須要說前些年如果不是蔡成雄，陳肇仁沒辦法長這麼大。

十個兄弟，剩下兩個。

所以陳錦郎打從心底感謝蔡成雄，直到他跟陳錦郎借了一筆錢，陳錦郎把自己遠洋漁船賺來的錢幾乎都借給了他，而他卻跑了之後，李貴桃以為自己跟蔡家可以再無瓜葛。

但是這小漁村就這丁點大。陳肇仁長大了，沒人敢欺負陳家了，偏偏陳肇仁卻跟蔡正國也結拜做了兄弟。

陳肇仁衝進屋子，抓起斗笠、袖套、背包，直接幫蔡正國戴上。

蔡正國訝異地問：「這是？」

兩名員警剛好走進三合院。

「阿嬸，有看到一個年輕人跑到這裡來嗎？」

沉默，是人最習慣的應對方式。通常不回應，就可以不讓人感受到自己的情緒，而且也不做出錯誤的判斷。

所以當員警問出這句話的時候，李貴桃選擇什麼都不想說，王秀娟則是緊張得躲到蔡正國身後。

晚風徐徐吹過，四月的夜，春寒陡峭。白天的溫暖到了晚上，溫度會快速下降，彷彿是冬天仍在眷戀著不願意離開，奮起最後一絲力量，驅逐白天春暖花開的餘威。

淡淡的夜來香初開，空氣中飄著那幽靜的氣味。不知道是誰家的花香越過了低矮的圍牆，在空氣中除了一抹緊張之外，添上一縷淡雅。

這小魚寮，矮牆本來就是防君子不防小人，我家的芭樂樹長到你家，芭樂熟成落在你家院子裡，這顆芭樂要算誰的？如果什麼都要計較個輸贏，那歲月哪有太平。

離家的遊子都說這裡的海風黏人，總讓人在春暖花開的季節。媽祖大轎被高舉的時候，記得回家看看；滿天的燦爛煙火，總會有一朵照映到你的家鄉。

陳肇仁主動迎向那兩名員警。

「大人，我們是準備要去跟大甲媽的啦，是怎麼了嗎？」

「這麼年輕就要去跟大甲媽，這麼誠心喔？」

陳肇仁把目光投向自己的母親，母子連心。

從小，陳肇仁有什麼鬼點子，不用說話，一個眼神，李貴桃就知道這小鬼又想搞什麼花招，就像這時候一樣。儘管她完全不想接這題，但是想到過去的歲月，想到亡故的丈夫、跑路的蔡成雄。

李貴桃還是開口了：「我們這個細漢不好養，有跟媽祖婆說，如果養得大要去跟祂往嘉義遶境啦，今年剛滿十八歲啦。」

「咦，阿嬸，我欸記著妳不是只有一個？」年長的員警突然問，並且同時打量陳肇仁跟蔡正國。

李貴桃指了一下阿仁：「嘿啦，沒這麼好福氣，這個我的啦。」

兩名員警同時把目光看向蔡正國。蔡正國一手拉著阿娟，一手緊緊握著懷中的仿製九〇。

雖然不確定金順炷是死是活，但是他很清楚的知道，如果被抓，這關進去判個十幾年應該是跑不掉了。他不想被抓，也不想跟王秀娟的父親一樣；何況金子都被黑面拿走了，槍也是黑面開的，他卻要被抓，這太不公平了。

就在這時候，李貴桃淡淡地補上一句：「啊他們是結拜兄弟啦，這個也是我看著長大的，跟親生的一樣。」

「喔，安內喔。」比較年長的員警笑著拍拍蔡正國的肩膀：「這麼年輕就這麼誠心，很好捏，廟埕已經很多人了，有去起馬了嗎？」

「還、還沒啦。」蔡正國有點結結巴巴地回應。

老員警用手比劃了兩下：「這樣趕快去，現在廟埕人已經很多了，可能擠不進去，但是在外面跟媽祖婆講一下還是要的。」

聽到老員警這樣講，年輕的員警趕快壓低聲音說著：「學長，但是剛剛那個人很可疑，明明是跑到這邊來啊。」

老員警還沒說話，李貴桃已經指著敞開的三合院大門：「唉唷，大人如果不放心，不然進來喝茶啦，看要找人我們也可以幫忙找啊。」

「無啦，我們還有代誌要忙，也不要耽誤阿嬸的時間啦。」老員警馬上把帽子戴好，回頭瞪了年輕的員警一眼：「阿嬸說沒看到就是沒看到，難道會騙我們嗎？」

李貴桃只是笑著。年輕的員警盯著蔡正國，儘管心裡有諸多疑惑，但仍只能摸摸鼻子讓老員警給拉上警車離開。

鬆了一口氣的眾人，就像剛打完一場仗似的虛脫，蔡正國把斗笠拿下來塞給陳肇仁，轉頭就要離開，但是陳肇仁抓住他的手臂。

陳肇仁：「你要做什麼？」

蔡正國：「跑路啊。」

陳肇仁：「要跑去哪？」

蔡正國：「反正沒你的事。」

陳肇仁：「外面都是警察，你出去就一定被抓！」

蔡正國：「不然我現在要怎麼辦！」

陳肇仁：「跟我去嘉義。」

蔡正國：「你白癡喔，我是你兄弟，但是……」

蔡正國頓了一下，斜眼瞄了李貴桃一眼，李貴桃不高興地轉身進屋子。

蔡正國才接下去說：「但是我不是你媽的兒子，不用陪你演戲啦。」

陳肇仁：「不是要你演戲，你走到彰化，可以去郭溝仔找昌叔。」

本來打算離開的蔡正國，緩緩把手放下。

承諾

那是陳肇仁八歲那年的事情。

陳錦郎為了一個夢，拎著行囊，踏上漁船，一去遠洋就是三年。不到三十歲的他，在三合院的廣場上，總是一杯啤酒配月亮，然後唉聲嘆氣地問自己到底什麼時候才能成為一個人。

成為一個人的定義很廣，在陳錦郎的心裡，要蓋洋房、要出人頭地、要讓鄉裡鄉親提起他陳錦郎就豎起大拇指，所以他海派、豪邁。

聽到漁船上缺工，他看準了機會就決定上船。李貴桃不是一個會抱怨的女人，而且自己的男人志向遠大，她也沒有擋著自己男人的權利。

碼頭邊。那一天台中港的浪很大、天很藍、世界遼闊得就像沒有邊際，船長催促著大家快點上船。碼頭上吆喝的人們，不知道多少商家，都來為他們餞行，因為大家都知道，一旦這艘船回來，肯定是滿載漁獲，到時候各商家搶著要貨，還要看船長的臉色。

當船長在碼頭邊忙著應付各家商號的時候，陳錦郎在甲板上對老婆小孩揮手，他說，只要他回來，一定蓋洋房，讓他們母子過上好日子。

偏偏那天回來之後，陳肇仁卻不知道為什麼發了高燒，一燒燒到三十八．六度，看了西醫換看中醫，怎麼樣就是不退燒，一天、兩天、三天過去，把李貴桃給急壞了。

漁村裡，燒壞腦袋的小孩大有人在，廟口第三條巷子裡的阿妹仔，從小就燒壞了腦子，有輕微的精神疾病。這樣的女孩，如果長得醜點也算是福氣。偏偏這阿妹仔外貌又不差，十五、六歲，男朋友一個接一個。後來十七歲那一年，在自己家裡，她奶奶緊緊抱著奄奄一息、骨瘦如柴又是滿手針孔的阿妹仔，啜泣著。

美人的命，不一定美。就像落在泥裡的玫瑰，遭人踐踏、輕薄，甚至不懂羨慕那高雅且插在瓶中的水仙。宛如海裡的小船，只能隨浪起伏，任雨打風吹，有時候醜醜地過、有醜醜的幸福。天公疼憨人、水人無水命，走了也好。

李貴桃抱著陳肇仁跪在大甲媽面前，哭了好久，哭到眼淚都快乾了。最後不知道哪裡來了一個阿婆，輕拍李貴桃匍匐的背，然後跟她說，「跟媽祖婆下個願吧，說不定有用。」

李貴桃誠心誠意，趴在地上：「媽祖婆在上，信女阿桃，信女不會說話，只祈求媽祖婆可以保佑阮阿仁可以好起來，只要他能好起來，如果養得大，等他十八歲那一年，就讓他跟媽祖婆去遶境，八日七暝，全程徒步。」

回家之後，也不知道是前幾天的藥效發揮了作用，還是媽祖婆顯靈，陳肇仁的病奇蹟似地好了。從那天開始，成長過程中陳肇仁不管在外面怎麼匪類，只要不走歪路，李貴桃很少管孩子。但是年滿十八歲，必須跟隨大甲媽祖去遶境還願這件事情，李貴桃從小就對陳肇仁耳提面命。

這個承諾，李貴桃叨叨唸唸了整整十年。這是李貴桃身為一個母親的信仰，也是一種對於媽祖婆的承諾。

到底是不是真的有媽祖婆存在，沒人說得準。

曾有人問過她，這一份承諾到底是給媽祖婆的還是給她自己的。李貴桃總說，自己沒讀書，走不出這個地方，但是既然答應了就要去做到，更何況那個對象是神明。

一諾千金，十年能比千金嗎？

沒人知道。

起馬

廟埕外，各家陣頭排在順天路上，準備等子時起馬炮一響，就跟著媽祖婆大轎出發。

陣頭拚場，頭旗耍開。熱鬧非凡的大甲城，廟裡誦經聲響徹雲霄，廟外萬頭鑽動；夕陽西下，把人們的臉頰映得通紅，濕黏的海風，從大甲溪邊捲進來，風起雲湧的天空，鎮瀾宮雖然祭出「風雨免朝牌」，但是大甲媽在民間就是被稱為雨水媽。

儘管有風雨免朝牌的加持，風伯、雨師仍然會不辭千里來朝，人手一束，香火雨中燒。

民間傳說，當年媽祖婆與大道公是一對情侶，本來媽祖婆要嫁給大道公，但是王母娘娘為怕媽祖婆修行遇阻，因此在媽祖婆出嫁的路旁化作一隻待產的母鹿。媽祖婆行經此處，看到母鹿待產非常痛苦便出手相救，然而想到即將嫁做人婦的自己，可能也要受此苦痛，當下悔婚調轉花轎，因此觸怒大道公，從此兩人分道揚鑣。

後來每到媽祖婆出巡，身為保生大帝的大道公總會想起這一段往事，所以讓雨師布雨，目的在洗去愛美的媽祖婆臉上的妝容，而輪到保生大帝要出巡的時候，媽祖婆也會聯合風伯，吹落大道公頭上的帽子以示懲戒。不管什麼牌都沒用，媽祖婆起轎必落雨，成了這裡人人皆知的一件事情。

陳肇仁擠過人群，遙望著廟埕裡湧動的人潮，實在沒辦法再往前推進半分，無奈之下，只好在廟外對著媽祖婆說話。

「媽祖婆，弟子阿仁小的時候，我媽媽曾來這裡許願，說我的病如果能好，等我十八歲要來跟媽祖婆往嘉義遶境，今年我十八歲了，所以來跟媽祖婆走這一段路，但是因為廟裡人潮實在太多，弟子擠不進去了，就在這裡跟媽祖婆說一聲，在此起馬，請媽祖婆保佑我一路平安。」

王秀娟：「為什麼我們也要跟著去啊？」

蔡正國：「查某人恬恬啦。」

陳肇仁恭敬地拜了三拜，拜完，三人轉身要走。突然一隻枯槁的手，一把抓住陳肇仁的衣服，陳肇仁猛地回頭，看到一個阿婆，阿婆駝背彎腰，戴著一頂帽子，緊緊抓住陳肇仁的衣服。

看到陳肇仁回頭，阿婆趕快問：「少年仔，你要去哪裡？」

陳肇仁跟蔡正國互看一眼，王秀娟露出厭惡、不耐煩的神色。

陳肇仁：「阿婆，我們要去嘉義。」

阿婆一聽這話，趕快抓起自己的背包：「這樣好，我也是要去嘉義的，我跟你走。」

陳肇仁當下露出為難的表情，蔡正國跟王秀娟都對他搖頭。

這一路，八天七夜。他們不知道怎麼走，甚至連蔡正國都是千百個不願意才被拖來，如果再帶上這個阿婆，陳肇仁根本沒辦法想像要怎麼去完成這段三百多公里的路途。

「阿婆，別鬧了，我們是在跑路耶。」蔡正國忍不住了，直接對阿婆說著。但是阿婆也不知道是老糊塗了還是沒聽清楚，似乎是沒聽明白他的意思，反高興地說：「跑路跑路，一起跑，這樣有伴。」

陳肇仁為難的不知道該怎麼才好，王秀娟突然一把抓起他的手。

「土豆，開路。」王秀娟說著。

蔡正國馬上轉身，從另外一邊推開人潮，兩人拉著陳肇仁就從另外一邊竄出去。看到三人快步離開，阿婆急得在後面喊：「少年仔，走那邊嗎？啊等我一下、等我啦。」

不知道為什麼，平時刀光劍影的日子，打得鼻青臉腫也毫不退縮的武勇，然而此刻的陳肇仁，卻不敢回頭看阿婆一眼。那無力的滄桑面容，等不到回應的手，只能在人群中漸漸被沖散。

◆

遶境是一件很奇妙的事情。當一個人從擁擠、喧鬧的大甲城出來之後，看著兩旁的攤販吆喝，路上的人們展露笑顏，漸漸地讓人感受到活力與熱情在消退後的寧靜。

大甲溪橋上擠滿了人，也因為這一段路三百多公里，媽祖鑾轎分成三班，不分晝夜地往嘉義徒步前進。隨香客只有獨自一個人，一雙腿，轎班可以輪流抬轎，可是隨香客的腳沒辦法輪流，因此決定徒步的信眾，只能選擇走在大轎前面。

在大轎前面，有路標指引方向，也有路旁熱情的民眾提供補給品，但是如果大轎過去，這些補給品就會全部收起來，畢竟這些物資、信眾，都是自發地來跟隨媽祖，隨香客能享受的物資，算是一種沾了媽祖婆的光，所以徒步跟隨大甲媽祖遶境，需要走到大轎前面，盡量不能落在後頭。

大甲溪橋上，風大雨急，隨香客們紛紛停下來穿戴雨具。蔡正國壓低了斗笠，雨水沿著帽緣落下。連抱怨的時間都沒有，他們只能低著頭往前走。越靠近子時大轎啟程的時間，風雨就越大，許多人縮在根本無法遮風避雨的加油站裡，期盼風雨可以稍微小一點。

蔡正國抓了一顆素包子在後面喊著，只是陳肇仁推著手推車一路往前疾走，根本不想理會土豆，直到王秀娟一把抓住他的雨衣：「等一下啦，土豆在叫你你沒聽到喔。」

陳肇仁：「剛剛那個阿婆那麼老了，這麼多人你們就這樣把她丟著，她如果受傷怎麼辦。」

王秀娟：「你不是很誠心，媽祖婆會給她保佑啦。」

蔡正國追上來，拿著包子給陳肇仁。

蔡正國：「吃一下啦，熱的捏。」

陳肇仁：「不餓啦。」

話一說完，陳肇仁轉身就繼續往前走，蔡正國一口咬著包子，無奈地跟上去。

風雨漸漸歇了，潔白的月亮在雲中露了臉。海風透著濕冷，才一出城鞋子就濕了。坐在清水朝興宮的廟埕外，人潮漸漸聚集。

晚上十點半，距離大轎啟程還有半個小時，他們從大甲走到清水，沒有什麼太多的疲累感，有的只是蔡正國的抱怨，但是這些抱怨，都在看到陳肇仁始終不開心的表情後，全往肚子吞了回去。

陳肇仁坐在廟埕的雨棚下，蔡正國拿一碗稀飯給他，陳肇仁瞪了蔡正國一眼後接下稀飯，終於還是拿出碗筷。

蔡正國：「幹，這樣就對了，自己兄弟，為了一個阿婆吵架是算什麼。」

陳肇仁沒講話。蔡正國看著人來人往的廟埕、點心攤，笑著推了陳肇仁：

「你的方法不錯捏，這麼多人，就算賊頭要找我也不可能找得到。」

陳肇仁：「你們今天到底是什麼情況？」

蔡正國想起了黑面的那一槍，還有金順灶倒在血泊中掙扎的樣子。金順灶還能活嗎？如果他有幫金順灶叫救護車，到時候如果被抓到，刑期會不會比較輕一點？

這些念頭閃過蔡正國的腦海。但是只有一瞬間，馬上就被不甘心的想法淹沒。金子不在他手裡、槍也不是他開的，憑什麼他要因為黑面去跟警察自首？

蔡正國：「不想講啦，我去廁所一下。」

陳肇仁：「欸，旗子留下來，不可以進廁所啦，我顧啦。」

蔡正國不耐煩地把背包卸下來放在陳肇仁腳邊，走進廁所的時候，還給了王秀娟一個眼神，王秀娟跟著他走過去。

陳肇仁獨自走進廟裡，拿著旗子蓋了印，投香油錢，拿一張平安符綁在旗子上。

站在媽祖婆面前說：「媽祖婆在上，弟子阿仁，今天跟大甲媽祖要往嘉義奉天宮徒步遶境，八天七夜全程參與，希望媽祖婆保佑我的媽媽，身體健康、平安，我的學業怎麼樣不強求，希望可以保佑我賺到錢，保佑我叔叔業績蒸蒸日上，保佑我舅舅生意興隆，保佑我阿嬸工作順利，保佑土豆大事化小、小事化無，保佑阿娟跟土豆的感情和睦，到時候等我走回來，再來跟媽祖婆請安。」

拿著隨香旗，在天公爐上過了火。

其實蔡正國說與不說，都沒有什麼關係，畢竟他們兄弟一場，也一起上路了。

今天的事情，不管再怎麼糟，陳肇仁也不可能把蔡正國拋下不管。

要坐車嗎？

時間漸漸接近子夜十一點，朝興宮裡裡外外人來人往。這裡是從大甲進清水市區的第一間廟宇，也是媽祖婆回程最後一天準備離開清水最後的停駕大廟，所以很多人走到這裡，一定會多做休息。

洗手台邊，蔡正國一邊洗手一邊照鏡子整理頭髮，王秀娟抽著菸，有些大叔走出來都打量了王秀娟一眼。

王秀娟滿臉通紅，額頭上滲著晶瑩剔透的汗珠，蔡正國則是親暱地捏了捏她的臉。

王秀娟：「為什麼我們要跟著走？」

蔡正國：「阿仁不會害我啦。」

王秀娟：「但是警察應該在找你吧？」

蔡正國：「昌叔在彰化有人，只要走到那裡，就穩了。」

王秀娟：「我覺得用走的很蠢，而且你真的走得到彰化嗎？」

蔡正國：「現在是看不起我嗎？拜託欸，走路而已，什麼了不起的，而且只到彰化，忍耐一下。」

八天七夜的旅途，走過清水之後，就開始感到疲憊。就像在海邊的人們，看到夕陽西下，就開始準備收拾工具往回頭。慢慢地前進，往往對於那遠處的堤防，都是看得到、走不到。累積了一身的勞累，開始反撲，兩條腿踏在泥濘的淺灘上，感覺到厚重、疲累。

拖著身體前行，潮水彷彿從兩側包圍過來，慢慢將前面的沙灘淹沒，晶瑩剔透的海面好比黃泉路。大自然不會在乎你是不是走不動了，可能慢一點點，就再也回不來。

聽著隨香旗上傳來的鈴鐺聲，蔡正國跟在陳肇仁身後慢慢往前走，夜風冰冷的壟罩著他們。

陳肇仁記得某一天，李貴桃說跟幾個鄰居到海裡抓蛤蠣，結果聊著天、忘了時間，後來當他們驚醒過來的時候，海水已經淹到腳踝。淺灘的海水如果淹到腳踝，表示防波堤附近可以上岸的地方，海水可能已經到了小腿。幾個婦人行色匆匆，表情鐵青地開始往回走。夕照依舊美麗，但是他們完全沒有心情欣賞，只是低著頭，加緊腳步往回走，唸著佛，只祈求海水漲得慢一些。

越走越怕，越走越深，海水淹過了腰，幾乎已經無法前進，他們還是必須邁開步伐走回去，沒有誰能夠拉得了誰。就跟這段遶境的路一樣，自身難保的泥菩薩，慈悲只能留在自己的心中。

一個踩空，李貴桃整個人摔進一個更深的沙坑裡，水淹過了喉嚨。李貴桃拼命掙扎，好不容易讓她踩到底下的沙堆，然後站直身子挺了過來，站在防波堤上，驚魂未定地看著身旁的鄰居，七個去，剩下五個回來。他們喊人，但是也很清楚，就算來了人也來不及。讓洋流帶著往外走，找到人恐怕也是幾天後的事情了。

他們對大海哭喊著，大海的回應從來都是一波又一波的浪，帶來滿滿的哀愁，帶不走一點一滴的苦痛，海水無情。

聽著隨香旗上的鈴鐺聲，蔡正國一跛一跛地跟在陳肇仁身後。夜涼如水，只有鈴聲相隨。陳肇仁感覺自己的身體就像泡在海裡，那天差點吞沒了李貴桃的海。厚重、疲累、痠痛；看不到邊際的無力、沉重，朝四面八方襲來。

蔡正國：「等一下、等一下，走不動了，休息一下。」

王秀娟：「你不是說走路而已。」

蔡正國：「我們走多久了？」

陳肇仁：「差不多六小時。」

蔡正國不肯繼續走，直接躺在馬路上，呈現大字型。

蔡正國：「六小時，整個晚上都在走路，幹，坐車都到高雄了啦。」

王秀娟：「我就說什麼時代了，要去彰化這麼方便，哪有人用走路的啦。」

就在這時候，遠方傳來警笛聲，蔡正國像一隻獵狗似地馬上坐起來。

蔡正國：「警察車？」

陳肇仁：「對啊。」

蔡正國：「快走、快走。」

蔡正國馬上掙扎著站起來，但是當警察車從他們旁邊開過去的時候，警察車上傳來廣播，「加油、加油！」

蔡正國愣愣地看著警察車開過去。

◆

朝陽在青蔥翠綠的稻田間含著薄霧噴發而出。海線外出工作的人有如螞蟻離巢，路上的卡車、貨櫃開始漸漸多了起來，這就是這條遶境路特別的地方。

不同於國際間的朝聖旅途有著沉甸甸的歷史、有著讓人僅可遠觀而不可褻玩焉的過去，這段路，當大轎起，就是一條莊嚴的朝聖之路，當大轎落下，就是小老百姓的日常，那樣的樸實無華，沒有什麼讓人高不可攀的歷史，有的只是路旁家家戶戶，展露笑容，誠摯地拿著一顆素粽，然後眼巴巴地跑到你面前，將素粽往你手裡塞，就怕這一份心意沒有被感受到。

一個大媽拿了粽子要給阿仁，阿仁拒絕了。

大媽急著喊：「唉唷，我蒸這麼多粽子就是要給你們這些隨香客的啊。」

聽到這話，陳肇仁接下素粽，當場拆了繩子，大口咬下。

「好吃嗎？」大媽滿臉期盼地看著陳肇仁。

陳肇仁點點頭：「讚。」

大媽心滿意足的走了，一個錢不要。帶著滿滿的笑容，又準備把下一顆粽子往下一個隨香客的手裡塞。

蔡正國笑著多抓了兩顆粽子放到陳肇仁的推車上。

「做什麼啦，拿這麼多哪吃得完。」陳肇仁說著。

蔡正國用力拍了陳肇仁的手臂：「幹，我懷疑這條路的人腦袋都壞掉了，哪有人給人家東西，不只不用錢，不拿他們還不高興了。」

王秀娟：「對啊，超誇張的，那個西瓜，我用錢都買不到這麼甜的。」

蔡正國：「但是可惜都是素的，一點肉味都沒有。」

陳肇仁：「忍耐一下啦。」

就在這時候，蔡正國把粽子塞到王秀娟手上。

「做什麼？」王秀娟說著。

蔡正國指著路牌往左轉：「車頭、車頭啦！」

「追分火車站。」

「你要做什麼？」陳肇仁跟在他後面問著。

蔡正國：「廢話，當然是坐火車去彰化啊。」

陳肇仁：「火車上你如果被賊頭盯上，到時候你連跑都沒地方跑。」

蔡正國：「你以為那些賊頭會未卜先知喔，還知道我要坐火車？」

火車站裡來來往往的人，有些是今天才要從這裡開始跟隨媽祖婆的，有些是走了一晚上準備要搭車離開的。

蔡正國興奮地擠到售票口排隊。

陳肇仁：「你真的要走？」

蔡正國：「我又不是頭殼壞掉，我是來跑路的，不是來遶境的，我的腿硬邦邦根本動不了，彰化是嗎？我坐車去彰化等你。」

陳肇仁無奈地嘆了一口氣。看著車站來來往往的人，蔡正國身體有的疲憊他也都有。從大甲到大肚，騎車不過就是兩小時的事情，但是他們卻整整走了一晚上，八個多小時。從昨天的太陽西下，走到今天的日正當中，然而這只是第一天的開端，後面還有七天七夜，每天都要這樣，誰能受得了。

漫長的路，無止無盡。就在這時候，售票員的收音機傳來新聞插播。

「昨天的金寶珍銀樓搶案主嫌葉成新，今早在南下的火車上遭埋伏的警方逮捕，並且起出背包中的贓物，比對之後確認就是金寶珍銀樓失竊的金飾，監視器研判，這位綽號黑面的葉姓劫匪，就是在銀樓對小老闆金順炷開槍的主嫌，在主嫌落網以後，另外一位蔡正國，綽號土豆的共犯仍然在逃。」

聽著新聞，蔡正國傻了眼。

陳肇仁淡淡地說：「還搭嗎？」

蔡正國：「幹！」

蔡正國咬著牙，氣沖沖地走出火車站，站在那烈日當頭的大馬路邊。一輛鐵牛車，緩緩開了過來，鐵牛車的司機用大聲公廣播著：「要坐車嗎？要坐車嗎？」

「噗噗噗……」鐵牛車駛過去，後面車廂坐滿了人，根本連一個位置都沒有。

拉筋

「欸欸，為什麼有人走直的有人右轉？」蔡正國站在國聖路的交岔路口，徬徨地喊著。

一個老伯端著地瓜對他說：「直的是縱貫線，右轉是去茄苳王公。」

「哪一邊才對？」陳肇仁問著。

老伯笑了。

「笑什麼啦，跟我們說一下啦。」蔡正國心浮氣躁，又看到老人家的笑容更是一把無名火不斷燒起來。

老伯好心地說：「今天媽祖婆在南瑤宮駐駕，走縱貫線可以直接去南瑤宮等媽祖婆，但是如果要走媽祖婆遶境的路線，是要右轉去繞茄苳王公。」

蔡正國：「郭溝仔在哪個方向？」

老伯指著直路：「直走可以到。」

蔡正國二話不說走向直路的縱貫線，但是陳肇仁則是轉彎往茄苳王公；王秀娟站在路口，無奈地看著兩人。

「我是來遶境的，不是來跑路的，媽祖婆有去的地方，我就必須去，不然我來做什麼。」

「我是來跑路的，不是來遶境的，如果你要去你就自己去，我又不是腦袋壞掉去外面多繞一圈，我在南瑤宮等你。」

陳肇仁無奈，但是每個人有每個人的選擇，選擇不一樣，看到的風景也不同。

其實蔡正國說的也沒有錯，這個遶境的承諾是關於陳肇仁的，不是蔡正國的，他沒必要跟隨，陳肇仁也不能勉強他。

分道揚鑣的兩人，王秀娟趕快跟上蔡正國。陳肇仁只能獨自一人，從國聖路轉往茄苳王公。

烈日當頭，烤得隨香客紛紛躲避，能在樹蔭下多避一會兒就避一會兒。身上的衣服從昨晚走到中午，乾了濕、濕了乾；黏膩、不舒服加上烈日曝曬，體力快速下滑。

陳肇仁跪在茄苳王爺廟裡，投了香油錢、拿了平安符、蓋上大印、過了火。

「茄苳王爺公在上，弟子阿仁，今天跟大甲媽祖要往嘉義奉天宮徒步遶境，八天七夜全程參與，希望媽祖婆保佑我的媽媽，身體健康、平安，我的學業怎麼樣不強求，希望可以保佑我賺到錢，保佑土豆大事化小、小事化無。」

出發之後，蔡正國問他很多次，為什麼隨香旗過個火他可以講這麼久，到底都在求些什麼？

陳肇仁說，這一輩子可能就來遶境一次，從來也沒拜過這麼多神明，如果真的有神明的話，那他一路拜一路講，不管是哪裡，只要有一尊神明聽到了，願意保佑，那他就值得了。

所以他每次進廟都仔細交代。直到現在，他發現自己的身體狀況非常糟糕，肚子的肌肉抽搐，兩條腿也根本不聽他的控制，僵硬地像兩條義肢。很多時候別說跪了，就連站著多說幾句，都會感覺非常不舒服，只想找地方坐下。所以他的願變小了，叔叔、伯伯、親戚朋友被捨棄了，願望朝生命中重要的人事物靠攏，快快說完，快快去旁邊找地方坐下乘涼。

他也不知道還能撐多久，八天七夜的漫漫長路，這只是第一天，第一天就這樣，後面的七天該怎麼面對？他不敢想，也沒辦法想。

「你的腳怎麼了？」

坐在茄苳王公後面那棵老茄苳樹下，一個穿著運動服的女生突然對陳肇仁說。

陳肇仁抬起頭。女孩穿著運動褲，夾腳拖，五指襪，頭髮綁成一條俐落的馬尾。女孩將包包放下來，坐在陳肇仁身旁非常柔軟地彎下腰。

「你的筋太僵硬了，拉筋一下會好很多。」

陳肇仁看著女孩的動作，似乎沒打算回應，只是吃力地扶著手推車站起來。

「你坐下！」女孩突然板起臉孔，陳肇仁突然被女孩的氣勢震懾住了。

女孩拉了一張椅子過來：「左腳伸上來。」

陳肇仁乖乖地把腳抬到椅子上，女孩繞到肇陳肇仁背後，接著按住他的背，直接將他的上半身往下壓：「來，慢慢吐氣！」

陳肇仁僵硬的左腳大腿肌肉受到壓迫，頓時發出強烈的抗議與掙扎。

但是女孩在後面緊緊抓住陳肇仁：「不要動、不要動。」

陳肇仁痛得眼淚都飆出來了，張口就想破口大罵，但是嘴巴一張開，肺部的空氣被擠壓出來，根本什麼話也講不了。女孩用自己的身體重量把陳肇仁的身體再往下壓。

「啊……」陳肇仁的喉嚨發出語意不清的哀號。

女孩則是繼續緩緩地將他的身體壓下去：「對，就是這樣，慢慢地吐氣、慢慢地。」

眼淚、鼻涕就像過年母親手裡的麵糰，絲毫不被同情地往外擠，再往外擠，再往外擠。這女孩看起來柔弱清純，但是壓住陳肇仁的角度抓得巧妙，讓他完全沒有抵抗的空間。

不過一分鐘，陳肇仁已經感覺自己就像一塊被對摺的土司，對折完，還被用力緊緊地捏合在一起。

喊不出聲音也抗議不了。

女孩還輕聲默數著：「1、2、3……」

如果擺在平常時候，陳肇仁早就一拳揮過去了。但這時候的他，就像被捏住了七吋的蛇，動彈不得。

「7、8、9……」

終於，女孩鬆開了陳肇仁的背。

「10，好了，可以慢慢起來了。」

滿臉通紅的陳肇仁抬起頭，彷彿溺水的人重獲自由，大口吸著氣。

女孩指著陳肇仁的另外一條腿：「來，換右腳。」

「右、右妳的頭。」或許因為是女孩子，陳肇仁硬是把自己罵到嘴邊的髒話收回去。

女孩折了折手指，然後活動肩膀，非常有自信地說：「如果只拉一邊，沒有拉另外一邊，你等一下走的時候會歪一邊變成跛腳喔。」

「妳！妳以為妳是誰啊！」

女孩很有活力朝氣地自我介紹：「我是誰？我叫趙筱瑜，欸、你別走啊，真的要拉另外一隻腳啦。」

◆

「幹，這是要走去哪裡啊？」

茄苳王公廟外面，隨香客少了一大半，許多人走了一整個晚上，過大肚溪橋後，就跟蔡正國一樣切直線走進南瑤宮休息，會特地轉進茄苳王公的隨香客一年比一年少。

所以到彰化後，本來顯而易見的路徑變得模糊了。尤其是這附近的人家，每當遇到大甲媽祖遶境，那可是家家戶戶端茶倒水的在路旁歡迎隨香客到來。

陳肇仁站在茄苳王爺廟外面，茫然地看著前後左右都有人來來往往。

趙筱瑜對他招招手：「這裡啦。」

對於這個剛剛差點把自己折斷的女孩，要是擺在平常時候，陳肇仁早就把她甩去旁邊了。

偏偏現在他因為走了一晚上，身心俱疲，連抬腿的力氣都快放盡了，根本不能拿這女孩怎麼樣。

然而一踏出步伐，陳肇仁馬上感覺到左腳的大腿根部，剛剛被用力拉扯過的肌肉彷彿得到一絲溫暖，緊繃的神經鬆弛下來，小腿的力量順利傳達到背肌上。

但是右腳的緊繃感仍然持續，而且不休息沒事，剛剛休息完之後，右腿就好像被綑上了鐵絲，不僅無法彎曲，陳肇仁還必須把右腳往外畫一個圓，接著才能跟上左腳。

趙筱瑜笑著站在前方，兩手插腰對他說：「看，我就說吧，要不要幫你把右腿也拉一拉？」

「免！」雖然切實感受到拉筋帶來的好處，但是陳肇仁還是倔強地一口回絕。

畢竟是男人，繃著面子的男人。跟父親一樣的硬角色，哪怕是輸了，也不能低頭。偏偏這條路就是這樣，當兩個都是步行的人相遇，其實速度都差不了多少，除非是有人搭車先走或者有人找了陰涼處打盹，否則誰也擺脫不了對方。

陳肇仁推著手推車，咬緊牙根，拉低了斗笠，頂著烈日往前推進。趙筱瑜則是背著背包，一派輕鬆地走在陳肇仁身旁。

「你走幾年啦？」

陳肇仁不想回答。

「你的手推車好特別，自己做的嗎？」

陳肇仁還是不想回答。

「旁邊這是什麼啊？怎麼有一個桶子？」

陳肇仁完全不想搭理這女孩，偏偏剛剛被她拉過筋，舒緩許多的左腿彷彿踏出的每一步都在提醒他，如果不是這個女孩剛剛的雞婆，現在左右腳的緊繃程度，恐怕會讓陳肇仁連跛腳前進的機會都沒有。

「桶子是放香的。」陳肇仁還是回應了。

趙筱瑜流露出訝異的神情：「真的嗎？好聰明喔，而且加上這個蓋子，就不用怕下雨了對不對？」

陳肇仁無奈地點點頭。

趙筱瑜指著陳肇仁：「大哥很誠心喔，走很多年了吧？」

陳肇仁苦笑著。

如果這女孩知道他上路的原因，除了有一半是因為要還願之外，另外一半是因為要掩護蔡正國而不得不被趕鴨子上架，還會不會說他誠心。

「幹，走不動了。」

陳肇仁坐在福龍宮後面的大榕樹下，整片青蔥翠綠的稻田，微風徐來。陳肇仁探頭，看了看還在參拜的趙筱瑜。

這女孩剛剛雖然壓得他很不舒服，但是不得不說，這女孩的拉筋技巧還是非常有一套的。被她拉過的左腳感覺肌肉非常放鬆，雖然腳底疼痛感並沒有減緩，但是大腿內外側的筋絡感覺都鬆開不少，尤其是屁股連接到大腿的根部與內側，原本硬得像咬不開的牛筋，但是現在卻明顯感覺到鬆弛。

趁著趙筱瑜不注意，陳肇仁拉開了右腿，左腳跟右腳的狀況差異非常巨大。陳肇仁光是把腿伸直就費了九牛二虎之力，更不要說彎下腰嘗試拉筋。他努力地搖晃身體，想嘗試著讓自己舒展開來。

不過效果顯然非常有限。畢竟人都是怕痛的，痛覺是一種保護機制，而人的筋絡最舒服的狀態就是收成一團，在遇到整個晚上長時間步行的壓迫下，筋絡狀況逐漸向內收縮，想要拉開，身體的自我保護機制很顯然在對抗。

就在這時候，趙筱瑜溫柔好聽的聲音在陳肇仁耳邊響起。

「來，身體不要晃，跟我一起數到十，慢慢把氣吐出去。」

這溫柔好聽的聲音，現在對陳肇仁來說簡直就是魔鬼。但是趙筱瑜完全不給他反抗的機會，她那纖細的身軀抵住了陳肇仁背後。

手掌壓著他的背，女孩身上的香氣襲罩陳肇仁。然後就跟剛剛一樣，趙筱瑜毫不客氣地將陳肇仁往下壓，陳肇仁完全沒有一點點反抗的餘地。

他沒想過這嬌小美麗的女孩，哪裡來這麼大的力氣。就像一個抓蛇的人，再一次精準地抓住了蛇的七吋之地。讓陳肇仁完全沒有能力抵抗，乖乖地再一次變成吐司，然後從喉嚨深處發出哀號與抗議。

「歐……」

趙筱瑜慢慢數了十秒，但是這十秒在陳肇仁耳中就跟一個世紀一樣漫長。

當趙筱瑜放開他的時候，陳肇仁幾乎是眼冒金星，血液漲滿了腦袋。

他在心裡暗暗發誓，如果這女人敢再碰自己的腿一次，他一定會直接把拳頭揮過去。然而趙筱瑜還是那迷人而燦爛的笑容，拍拍陳肇仁的背。

「好啦，沒事啦，現在兩腿都拉開了，我們一起朝南瑤宮出發吧。」

楊日昌

王爺神像高坐神案上，昏暗的辦公室擠滿了人，桌上沉甸甸的玻璃菸灰缸塞滿菸屁股。剛從工廠出來時，美麗的琉璃製品在漫長的歲月中，被燙出一個又一個黑色菸疤。

不論是五湖四海，不論是歹徒還是英雄，口中吐出來的白煙都一樣混濁，手裡的香菸往這美麗的菸灰缸裡一捻，齊頭式的平起平坐，管你是警察還是小偷，人生一樣千瘡百孔。

一個中年大叔，滿頭灰白相間的頭髮往後梳，穿著帥氣的襯衫，胸口插一支金光閃閃的筆，脖子上掛著又粗又沉的金項鍊，手上勞力士的滿天星閃閃發亮地放出光芒，領口處還別上一枚閃閃發亮的徽章。

這徽章可不是隨便什麼人都有。這徽章只有彰化十二個堂口的負責人才有，每到有議員選舉，或者有什麼需要聚會的大事情發生，所有小弟角頭認的就是這枚徽章。

就像媽祖遶境，警政單位的轄區那是政府的事情，但是私底下的角頭地盤劃分，他們一向有自己的規矩。每當遇到人馬紛亂發生衝突，那該地所屬的角頭大哥就會出來協調，然而為了避免年輕人不長眼的拳頭到處亂打，真正有話語權的負責人都會掛上這枚徽章。

中年大叔拜完了王爺，恭敬地插上三炷香。

一個年輕人趕快跑過來，小聲地在中年大叔耳邊說話，中年大叔的表情從原本的嚴肅變成了不悅。

中年大叔看著這名年輕人：「找不到人就給我重新找，看是要從鎮瀾宮找到南瑤宮，還是要找到奉天宮都隨便你們，反正把人顧到不見，你們自己看著辦。」

中年大叔坐到沙發上，夾著香菸指著坐在對面的蔡正國：「幹，我阿母不是這兩個年輕人，好腳好手、還走能跑。」

蔡正國抽著一根又一根的香菸，菸灰缸裡密度越來越高。給神明的香爐上只插了三炷香，工工整整、乾乾淨淨；給人們的菸灰缸裡，橫七豎八的菸頭插得亂七八糟。

桌上三牲四果齊全，門外王爺轎上，電音喇叭、黑令旗、七彩霓虹燈閃閃爍爍；四個穿著小短裙、緊身衣，濃妝豔抹的女孩貼在王爺轎旁邊，女孩子當然不能抬王爺轎，但是穿著清涼的女孩子可以吸引旁人的目光。

在這青黃不接的年歲裡，有人認為陣頭就是要遵循傳統，開臉、見血。不過也有些年輕人發現，一樣要吸引別人目光，與其把自己砍得血肉模糊，不如叫兩個妹仔來，露出纖細的大腿更讓人血脈賁張。

這些充滿虛榮感的注目禮就是他們要的，一年就這麼一次，要風光、要囂張、要張牙舞爪，沒開臉的要比開臉的更「秋」。

「都嚕嚕……」辦公室沉悶的電話聲響起。

一個年輕人趕快接起電話，簡單應和幾聲，然後走到中年大叔旁邊說：「金董仔打電話來。」

中年大叔不耐煩地把香菸捻熄在菸灰缸裡：「規矩我知道，叫他賣廢話，過民生地下道大轎就是他們那邊的，他們要怎麼安排不關我的事，今年不會跟他們亂，靠杯啊，透早警察局也打、下午太子團也打來，是怎樣，怕我搶轎喔。」

中年大叔這樣說完，年輕人躲回辦公桌旁邊回電話去了。

中年男人倒一杯熱茶，瞄了陳肇仁、蔡正國一眼：「台中港現在不是陳董的地盤？」

陳肇仁不是很想接這句話。

但是蔡正國趕快端起茶，恭敬地說：「昌叔，有些地方也不是都歸陳董管。」

這男人正是昌叔，楊日昌。彰化郭溝仔的角頭老大，底下不知道養了多少人，光是每年大甲媽祖遶境時贊助的物資、點心攤，就足夠養活不曉得多少家庭一整年的吃食。

都說彰化人熱情，這一份熱情是不可被得罪的，盛情難卻、神威赫赫。自打媽祖遶境以來就這樣，只要過彰化，必須要仔細地將每一個角頭、庄頭給繞完。

不進來就搶、不給搶就打，一旦打起來就比人馬比膽識，誰也管不了，哪怕是動員大批警力，哪怕是換了多少個局長，每到媽祖遶境這一天，彰化就好像一個戰國，三步一崗、五步一哨。角頭的交界處更是兩派人馬兵家必爭之地；你家的王爺公對我家的關二爺；你的臉譜對我的神將；你馬子的身材對我馬子的臉蛋；你身上的刺青對我身上的刀疤；你的賓士對我的寶馬。

能比的全都要拿出來比一比。叫囂，就像兩群賀爾蒙旺盛的狗，誰敢先越界，就給了另外一方藉口和理由，等到喧囂過後，媽祖鑾轎回大甲落坐，塵埃落定後，要論功過，越界的那一方就給了對方一個把你打到頭破血流的藉口。

他們不管警察是不是在旁邊蒐證，三十個警察管得住三百個血氣方剛的年輕人嗎？

有一年，郭溝仔有個年輕人的女朋友被搶了，到媽祖遶境這天，那個女孩在對面出現，還為對面的年輕人站上電子花車，配合震天價響的電音，脫去長裙換上小熱褲，大秀美腿。

為了那美麗、緊實、年輕的玉腿，兩派人馬在媽祖大轎通過兩派界線時衝上前，拳頭、鋁棒、鐵條到處紛飛，掌旗官高舉著大旗，護轎官壓穩了轎身，人群怒吼著，警方兩個人抓一個，三十個人全部下場也不過抓了十五個不相干的人。

而那個女孩的腿還在夜空中飛舞，雙腿張開，頭髮垂下；整個人吸在鋼管上倒立在空中，僅靠手臂的力量支撐自己的身體。

世界都反過來了。

女孩在周圍的人群嘻笑怒罵聲中賣力地甩動秀髮，扭動著纖細的腰，配合著張力十足的音樂，揮灑滿身的青春汗水。她享受著這一份喝采，還有底下為了自己大打出手的兩派人馬。

在家裡，她是沒人管的女孩，由奶奶一手帶大；在學校，她是人見人怕的小太妹，連老師都放棄她。只有在陣頭裡，她被搶來搶去，才感覺到自己活著、有人愛著。

當那個男孩打趴了女孩的現任男友，拳頭上沾滿鮮血，關掉電音舞曲，走上台以半強迫式的擄走那個女孩，將她扛上肩的時候，底下的年輕人幾乎沸騰了，扯開嗓門的怒吼，聲嘶力竭，一群人高舉著媽祖大轎，浩浩蕩蕩地將媽祖婆請進他們宮廟駐駕。

八家將的臉譜糊了，三太子的火尖槍斷了，千里眼、順風耳兩尊神將的手臂都被拉扯下來，鼻青臉腫的上百號人就站在堂口外。

然而昌叔不僅沒有責罰，還大聲地給了他們一句好。

媽祖婆的壓轎金，見者有分的發。

砸

「你們叫土豆仁是不是？」

「土豆是土豆、阿仁是阿仁啦。」

昌叔把茶壺裡的茶葉往垃圾桶倒。辦公室擠滿了年輕人，辦公室外面，昌叔的王爺轎子走了，但是辦公室裡的人還是圍著他們。

昌叔換上了新的茶葉。那茶葉像金沙般落在壺裡，清脆而乾淨的聲音，就跟防風林邊海風捲起的沙一樣。

「唰——唰——」

陳肇仁非常不喜歡這個聲音。小時候聽到這個聲音，就表示天色晚了，他總在門口殷切期盼著母親歸來，越晚回來，就越有可能回不來。

所以他不喜歡吃海鮮，新鮮的鮮蚵、蛤蠣、螃蟹、海魚，哪一個不是母親用命去換來的。黑水溝的浪潮才不會管你家裡是不是還有小孩子嗷嗷待哺。歲月的風霜，讓年紀輕輕的李貴桃，手上就結了厚厚的繭。

陳肇仁喜歡吃豬肉、香腸，這是大家一直以來的印象。只有蔡正國聽他說過，沒有人會因為殺一頭豬而回不了家，但是有很多人為了多撿一顆蛤蠣賠上了命。

楊日昌淡淡地說：「海線黑面，你們認識嗎？」

蔡正國：「黑面，我換帖的。」

楊日昌：「安捏喔，年初在大陸有一張單，兩個貨櫃，不知道你換帖的有沒有跟你說？」

蔡正國：「三百顆鴨頭，昌叔也知道？」

卡式爐上的水滾了，水壺裡傳來刺耳的尖嘯聲。

但是楊日昌看都不看那個白煙不斷往外噴發的小爐子，上半身挺直前傾，聚精會神地問著：「哪一間鴨場養的？」

陳肇仁冷不防搶了一句話：「這我們哪知道。」

蔡正國有點訝異地看著陳肇仁，他不懂陳肇仁為什麼這樣回答，但是從小到大陳肇仁沒害過他。

聽到陳肇仁這樣說，楊日昌就像皮球洩了氣一樣地把身體後靠，爬滿皺紋的手乾脆地關掉卡式爐。

刺耳的尖嘯聲慢慢趨於平緩。楊日昌皺著眉頭，也不知道過了多久，他才將滾燙的水壺拎起來倒水進茶壺中。

「唉，可惜，我想說黑面的膽識這麼好，敢搶銀樓，他換帖的應該也是個人物。」

聽楊日昌這麼說，蔡正國忍不住了。

「鴨場哪一間不知道，但是我有鴨場的聯絡方式。」

楊日昌等的就是這句話。他才不管黑面的死活，他要的就是聯絡方式：「聯絡方式給我，我保你們今天平安走出彰化。」

陳肇仁：「昌叔，三百顆鴨頭，你不會只有保我們出彰化這麼小氣吧？」

楊日昌：「你們想要跟我談條件？」

蔡正國：「談條件難聽啦，是想跟昌叔做生意。」

楊日昌沒有說話。江湖中的茶湯，倒出了三杯，一杯給自己，一杯給陳肇仁，一杯給蔡正國。然後，他拿起遙控器打開電視，喝了一口茶。那是一台最新式的遙控器電視，陳肇仁家裡的電視是旋鈕式的，在魚寮已經夠先進了，陳錦郎剛跑船回來那個月，幾個毛頭小孩為了看電視，每到中午時間，還會準時擠在他家的客廳。然而在這個地方，那種旋鈕的電視早被淹沒在時代的洪流之中。怎麼開電視的當然不是重點，重點是電視裡的主播台上那濃妝豔抹的主持人正在播報。

【金寶珍銀樓搶案，警方根據現場線索判斷，歹徒一人落網，一人在逃】

映像管像素不足的電視裡，掛上蔡正國的照片，蔡正國臉色當場變得非常難看。

蔡正國：「昌叔這什麼意思？」

楊日昌：「我現在不知道三百顆鴨頭的價值比較高，還是你的人頭價值比較高？」

兩人的表情鐵青，原來還沒開始談判，楊日昌就已經掌握了他們兩個人的情報。在蔡正國踏進這間辦公室開始，這場談判他們早注定了要輸。

楊日昌還補充：「你叫阿仁？你過來跟我，這小子我送給賊頭，賞金我們對分，鴨場的聯絡方式，我用這個跟你換，怎麼樣？」

楊日昌話剛說完，後面一個年輕人拿了一疊鈔票，厚厚的鈔票往桌上一推。這明擺著是一塊肥肉，還流著油。

可惜憨直的陳肇仁還是二話不說，甚至連這疊鈔票到底有多少都沒看一眼，抓起桌上的菸灰缸就朝站在後面的年輕人頭上敲下去。

「咚！」

那沉悶的聲響宛如冬夜裡最深沉的鐘聲。有錢都不會賺，把義氣看得比命還重要。陳錦郎就是這樣的個性，害李貴桃吃苦吃了一輩子。偏偏現在的陳肇仁也是這樣。

那是多少白花花的鈔票，李貴桃可能要撿十年的蚵蠣才能換來的，偏偏陳肇仁連金額都不聽，就將那已經千瘡百孔的玻璃菸灰缸給砸崩了一個角。

鮮紅色的血液滴在地上，這只菸灰缸在辦公室裡任人揉捏了這麼多年，陳肇仁這一砸，也算是幫它吐了一口悶氣。

看到陳肇仁動手，蔡正國抓起滾燙的茶壺，打開茶壺蓋，毫不留情地往人群中潑灑。

陳肇仁踹開辦公室的大門：「幹，快跑！」

哀號聲從辦公室裡傳來。幾十個年輕人，抄起榔頭、鋁棒就追上來，人潮在華燈初上，日暮低垂之際，在鞭炮聲、鑼鼓喧天的簇擁之下，媽祖大轎越來越靠近彰化民生地下道。

水洩不通、車水馬龍幾乎都不足以形容那空前的盛況，民生地下道的人車被陣頭擋下來，因為當大轎過地下道的時候，上面的陸橋是不能夠有人車通行的。

彰化地方派系的角頭在地下道的兩邊準備接轎，儘管在警方眼中這都是彰化，這也都是他們的轄區。但是在陣頭眼中，過了地下道就是另外一邊角頭的地盤，這邊扶轎的要在另外一邊將轎子交接給對方，多一步都是一種侵犯，好多年下來都因為交接不愉快而大打出手。

所以兩邊角頭大哥都在警方辦公室跟局長喝茶，為的就是力保今年遶境沒有人打架尋釁。

「借過、借過啦！」陳肇仁在前面開路，奮力推開人群，蔡正國跟在後面，他們賣力地往前擠，路旁攤販、民眾，對於他們兩個推擠行為非常不滿，一個個年輕人都把不懷好意的目光投到他們身上。就在這時候，蔡正國不知道被誰推了一把。

「碰！」

狠狠地摔在地上，陳肇仁馬上回頭將蔡正國拉起來，後面昌叔的人揮舞著棍棒，叫囂著，就像海浪毫不留情地襲來；記得那是陳肇仁九歲的事情。

李貴桃帶著他去海邊抓蛤蠣，他看到一隻又肥又大的紅蟳，出沒在出海口的石縫裡，他興奮地跑過去想抓一隻今晚加菜，但是不知不覺中，越走越遠。

那一天海風很大。浪潮無情地捲進來，就像今天的人潮，吵雜的幾乎無法聽到身旁的聲音。他忘情的跟那隻紅蟳搏鬥，直到他將螃蟹從沙坑裡拖出來的時候，他看到李貴桃對他大聲呼喊。

那雙手不斷揮舞著，海水漫過了小腿。從小在海邊長大的他很清楚，必須開始往岸邊走。沒有人救得了他，就連母親也不行。他驚慌失措地拚命往回走，但是海水漲潮的速度比他想像的要快上許多。

泥濘的沙地，加上還沒完全發育好的身軀，每一步踏出去都非常艱難。海浪聲在後面「嘩——嘩——」的追近，從小腿到腰際。岸邊明明就在那裡，伸手可及的消波塊卻好像遠在天邊。

李貴桃大聲呼喊著他，要他加快腳步、加快、再加快。但是他越走越絕望，幾乎前進不了的身軀，被海浪帶著起伏。最後海水淹過了他的胸口、脖子，他走不了，大海或許要他留下。

陳肇仁終於不捨的扔掉手裡緊緊抓住的紅蟳，手腳並用地半游半跑，海水的阻力，大自然的無情，誰也對抗不了。他吃了一口水，口鼻都被鹹濕的海水淹沒；那隻紅蟳就像在嘲笑他似地從他身旁游過。

紅通通的大螯像極了死神的鐮刀，生命是如此渺小脆弱。就跟隔壁某個叫不出名字的大哥哥一樣，被打撈起來的時候，剩下一具冰冷的遺體。

陳肇仁絕望了。

然而，一隻滄桑有力的手突然伸進海中，抓住他的衣服，直接把他從海裡撈出來。

是李貴桃。母親將他扛在肩膀上，一步一步，踏著海浪往岸邊移動，在生死交關的邊緣。

陳肇仁小小的身軀看著母親賣力地移動，美麗的海水就像人生一樣無常。別人的母親身上總是有著明星花露水的香味，但是他的母親，身上總有著鹹膩的海水味。

他們兩個能走回來，根本是奇蹟。當街坊鄰居都圍到他們身邊的時候，李貴桃滿臉蒼白的看著自己的孩子。她沒想過自己哪裡來的勇氣跳下海，她只知道，如果自己不下去，那陳肇仁就沒了，全天下只有自己的母親會不要命的救孩子。海水就是這樣無情，不會因為你孤兒寡母，或者因為你還是個孩子就心慈手軟。

看著吃了好幾口水的陳肇仁躺在防波堤上。

李貴桃看著自己還在顫抖的雙手：「好哩家在，中午呷兩粒粽，無馬無氣力。」

這時候，蔡正國癱坐在地上，兩條腿僵硬地動彈不得，看著後面張牙舞爪的少年仔朝他逼近。

無力感包圍著他們兩個，就像那一天的海，無情的浪頭，一波一波的打來。

最後陳肇仁咬著牙，硬是將蔡正國從地上拖起來，然後扛在肩上，邁開步伐推開人群。

陳肇仁原本跟蔡正國一樣無力僵硬的兩條腿，這時候感覺到一股暖流，被趙筱瑜拉開的大腿肌肉群，開始提供小腿源源不絕的力量，背肌與二頭肌同時用力，一路往人群裡擠。

用力地推、賣力地拉；日月傘下，大轎高舉；掌旗官，腳踏七星。

哨角隊兩排並列，哨角壓低，因為白天徒步遶境而被太陽曬得紅光滿面的大叔，氣沉丹田吹響哨角。

「嗚——」

涼傘不斷旋轉，一起一伏之間，七星步精準落下，護轎官壓住轎子。就在兩邊準備交接的界線，民生地下道所有人都期待著今年的遶境。

然後陳肇仁看著擁擠的人潮，閃過了昌叔辦公室裡那一通電話，接著就對著媽祖婆拜了下去：「媽祖婆，歹勢啦。」

他扶著蔡正國，用力將轎班的人推擠出去。

「不要推！不要推！」轎班的大叔感覺到後方傳來躁動，趕快扯開嗓門大喊。

但是陳肇仁才不管他，死命地往前推擠，並且鼓譟大喊：「搶轎啊、搶轎啦，昌叔出價，大轎多停在他家外面，一分鐘一萬啦。」

搶轎本來就是民生地下道非常敏感的話題，尤其是被陳肇仁這樣一喊，本來劍拔弩張的雙方更是一觸即發，大轎開始被人潮推著往前走，對面的陣頭清一色排開，雙方就跟古時候壁壘分明的兩隊兵馬接觸一般，搶轎的搶轎，搶旗的搶旗，警方大吹哨子，上百的警力衝進人群中，但是一時間誰也分不出來誰是誰的人馬，這些穿著制服的警察，就跟泥牛入海沒什麼兩樣，完全起不了一點點作用。

幾百人要管幾萬人甚至是幾十萬人，杯水車薪，戴著某宮廟帽子的年輕人，打了穿著某宮廟衣服的大叔，大叔指著年輕人大罵，接著就有更多年輕人投入搶轎的行列。

你把我的兄弟壓在地上，我就把你家的老大揍得鼻青臉腫；鯊魚劍、狼牙棒、三叉戟到處紛飛；民生地下道，澈底失序。

不過這對彰化人來說，又是一年大甲媽祖遶境的日常。反正年年在打，嚴格說起來也不差這一年，每年打的理由都不一定，今年也是；甚至最後被抓進警局的那些，都只是蹲一晚就被放出來。

放出來以後的年輕人，在同儕之間就像打勝仗的將軍，回來不僅不會被責罵，甚至還有嘉獎，宛如一枚紫心勳章貼在身上的光榮。

這一夜的民生地下道，拳頭與鋁棒紛飛，哨子聲與哨角聲交錯。

撿到的

滾燙的熱水從蓮蓬頭噴洩而出，陳肇仁赤裸著身子，讓熱水從頭上淋下，沿著後頸慢慢燙過每一寸緊繃的肌膚，身材精壯的他用力甩甩頭；短短的頭髮，帥氣的臉龐，因為整天的徒步而變得黝黑。隔壁浴室傳來蔡正國的聲音。

「欸，阿仁，下午那個女孩是誰？」

「哪一個女孩？」

「賣假喔，穿運動褲、綁馬尾那個啦。」

「她喔，茄苳王公的路邊撿到的啦。」

「你的菜吼？」

「靠杯啊。」

「不用否認啦，你屁股幾根毛我比你還清楚，那種安靜安靜又喜歡運動的女生就是你的菜。」

「啊照你這樣說，女子鉛球校隊不就每個都我的菜。」

「幹，重點是她會主動管你的事情。」

聽到這句話，陳肇仁愣了一下，他看著不斷灑出水的蓮蓬頭，沉默著。

隔壁土豆的聲音又傳來：「你看，被我說中了吼，講不出來了吧，你這人就是這樣，這叫做悶騷啦。」

陳肇仁甩甩頭，趕快把身上的肥皂沖掉：「靠杯，這樣又跟悶騷什麼關係了？」

蔡正國：「你就是這樣啊，喜歡的女生也不會去追，明目張膽追你的你又不愛，就是喜歡女生直接管你，不要問，直接來。」

陳肇仁：「幹，被你這樣說，我不就有被虐傾向。」

蔡正國：「你這個就是小時候母愛過盛啦，啊不過那個女生也是真的很水啦，你看看，剛剛好，又漂亮，又有身材，又會管你，根本就是天上掉下來的，媽祖婆欽點的姻緣。」

就在這時候，蔡正國的淋浴間簾子突然被拉開，陳肇仁拿了一桶冷水，直接往他身上潑。

蔡正國：「幹，衝三小。」

陳肇仁：「精神一點啦，路上遇到的，都不知道人家走去哪裡了，還在那邊天上掉下來的，幹，今天得罪昌叔，還不知道後面會怎麼樣。」

「靠杯！賣造。」

蔡正國光著屁股追了出來，陳肇仁轉頭就往走廊上跑。就在這時候，胖嘟嘟的老闆娘站在淋浴間走廊瞪著他們。

「欸，我游泳池開放給你們隨香客洗澡，拜託不要玩吼，洗完趕快出來，後面還有人要洗。」

「歹勢、歹勢。」

兩人摀著赤裸的屁股，趕快擦乾身體穿著內褲溜了出來。一走到游泳池的公共區域，就看到王秀娟吹著頭髮，趙筱瑜剛好也從女生的淋浴間走出來。

「欸？是你？」趙筱瑜訝異地看著陳肇仁。

剛剛才八卦人家，現在馬上遇上。陳肇仁突然沒來由地有種小朋友偷糖果被抓到的窘迫感。

「妳怎麼也在這裡？」陳肇仁有點尷尬地回應。

蔡正國露出一抹不懷好意的微笑，用手肘頂了頂陳肇仁。

趙筱瑜笑著說：「因為這間游泳池的老闆娘人很好啊，都會開放給隨香客洗澡，如果沒有在這邊洗好，再往下走要到大村才有地方洗，走一整個晚上了，不洗很難受，你呢？你怎麼知道這裡可以洗？」

陳肇仁：「我哪知道，就看到外面很多人在排隊，然後說這裡可以洗澡，就跟著進來了啊。」

趙筱瑜拍拍陳肇仁的肩膀：「這一路上洗澡很重要的，可以消除疲勞喔。」

兩人聊開了。蔡正國坐到王秀娟身旁，伸手就要去拿吹風機。

王秀娟閃了一下：「做什麼？」

蔡正國：「借吹一下啦。」

王秀娟：「借你可以，啊那女人是怎樣？跟蹤我們喔？明明在南瑤宮我們就先走，她也說要睡一下再走，現在怎麼在這裡？」

蔡正國：「我們在楊日昌那裡耽誤了一些時間啊，我們被追殺的時間跟她睡覺的時間比起來，差不多吧。」

王秀娟歪著頭不說話，不想回應蔡正國。

打從幾個小時前，他們兩個好不容易等到去茄苳王公繞了一圈出來的陳肇仁，就看到陳肇仁身旁多了一個女孩。

這個趙筱瑜，自信、開朗、機靈、有主見，而且還落落大方，一看就是家境很不錯的那種女生，但是這種女生，恰恰也是王秀娟最討厭的那一種。

還好這種女生不會刻意迎合別人，她有自己的節奏，走到南瑤宮她就決定休息睡覺，而陳肇仁跟蔡正國決定去找楊日昌。

他們三個的行程不方便讓別人參與，而趙筱瑜的行程也不會因為別人而改變。所以自然而然地他們分道揚鑣。但是沒想到，偏偏在這裡又碰上了。

或許是同性相斥，也或許是原生家庭以來的忌妒心、甚至可能是一種天性上的不合，總之王秀娟對這個女孩沒什麼好感，特別是她跟陳肇仁那有說有笑的嘴臉。

他們一起長大，王秀娟還沒見過陳肇仁這塊木頭會乖乖讓哪個女孩幫他拉筋。

王秀娟：「啊你還沒說，楊日昌現在到底想怎樣？」

提到楊日昌，蔡正國的臉馬上垮下去：「幹，黑面那三百粒鴨頭，找的買家就是楊日昌。」

王秀娟：「什麼？」

蔡正國：「靠杯啊，他也知道我們搶銀樓的事情，所以打算黑吃黑。」

王秀娟：「所以你們就跑出來？」

蔡正國：「廢話，不然等著讓他拆吃入腹喔。」

王秀娟：「那我們現在呢？」

蔡正國：「還能怎麼辦，只能先繼續走啊。」

王秀娟：「還要走喔？」

蔡正國：「不然怎麼辦？先走出彰化再說啦。」

從彰化南興國小到員林火車站的路程，開車騎車不過就是半個小時左右。但是步行最少要走兩個小時以上，尤其是他們已經步行了整整二十四個小時，人睏馬乏幾乎無法動彈的狀態，兩個小時的步行時間少說還要再乘以二。

那就是一種漫無邊際的徒步之旅。

時間，逐漸入夜。原本車水馬龍的大馬路旁，人車漸漸散去，剩下媽祖遶境的隨香客們還在推進著。沒有火車站，計程車也因為不好意思收費，所以鮮少靠近遶境的人群。自發上路的隨香客接駁車也早就被坐滿。

蔡正國看著陳肇仁跟趙筱瑜的背影，緩慢走著。有些路不是他想走，而是逃不了。

夜深露重，每一個看到他們的人，都露出敬佩而熱情的眼神，大聲地對他們說聲加油。沒有火車、沒有計程車、甚至連接駁車都沒有的夜，他們能依靠的只有自己的雙腿。開心也這一段路、不開心也是一段路，但是進入第二天的行程，那疲憊感宛如浪潮般襲捲而來。

趙筱瑜睡飽了。可是他們三個不只沒睡，甚至剛剛還被追殺了一段。

凌晨三點，他們拖著疲憊的身體穿過大村朝員林靠近。四月的清明前後，有雨，夜風沁冷；無雨，潮濕悶熱；多走幾步，熱得連外套都穿不住。

坐下來休息，一旦睡著，冷得怕會有失溫的危險。就像王秀娟，縮在路邊的工廠牆角，冷得嘴唇發白。蔡正國也沒好到哪裡去，才從游泳池走出來大概兩小時左右，他們三個實在走不動了，隨便找路邊睡了一下。

陳肇仁準備齊全地縮進睡袋裡，但是蔡正國、王秀娟什麼都沒有，睡在工廠外面空曠的牆角邊，剛躺下去的時候感覺全身發熱連外套都想脫掉，但是一旦睡著，體溫就像溜滑梯一樣的快速下降。

趙筱瑜本來要先走，看到他們幾乎沒有準備行李，擔心會有意外，因此留了下來。果然才睡了一小時，凌晨三點左右，王秀娟的身體抖得像魚寮邊養殖魚池裡一只壞掉的抽水馬達。

蔡正國緊緊摟著她。無奈兩個沒有體溫的冰塊湊在一起，還是冷得叫人打顫。

「我的睡袋給他們吧。」陳肇仁醒了，從睡袋裡鑽出來。趙筱瑜馬上將背包裡的外套拿出來披在王秀娟身上，然後把陳肇仁的睡袋完全敞開，直接將他們兩個包裹起來。

「你去旁邊拉筋暖身。」趙筱瑜對陳肇仁發號施令。

陳肇仁本來想反駁，但是趙筱瑜又說：「你剛從睡袋出來，要做一點暖身才不會著涼。」

看到趙筱瑜幾乎把自己背包裡的所有衣物都拿出來，通通塞進蔡正國跟王秀娟的睡袋裡，他看著這個女孩，突然有種說不出來的親切感。

睡袋裡的兩個人緊緊摟著彼此，衣服盡量塞滿他們之間的縫隙，毛巾裹住耳朵，兩個年輕人被包得像顆粽子，連口鼻都拉上領巾希望可以盡量保暖。

偏偏就在這時候，路旁一輛小車緩緩開來。車上擺滿鑼鼓，鑼鼓上印著「開路鼓」三個朱紅色的字樣。

三個大叔跟在開路鼓的小車邊轉頭看了他們一眼。

這條路上，隨香客們總是盡可能不被媽祖大轎追過，因為路旁的補給、食物大多是用來奉獻給辛苦的陣頭，而不是這些跟著大轎的隨香客，所以一旦大轎過去以後，路旁的補給品就會通通收起來，不會有接駁車、不會有點心攤，甚至可能連一聲加油打氣都聽不到。

而走在媽祖大轎前面的，分別有涼傘、哨角隊、三十六執事、繡旗隊、神童團、太子團、彌勒團、福德彌勒團、開路鼓，自行車隊、頭旗、二旗、三旗、頭香、二香、三香、贊香、報馬仔等陣頭。

各陣頭都有輪班，而走在最前面的除了報馬仔之外，就是開路鼓。因此看到開路鼓，就表示大轎在後面大約步行一小時的路程就會到了。

這一瞬間，陳肇仁跟蔡正國頓時明白了，為什麼這條路這麼難走。當你在最絕望的時候，看到後面的陣頭緩緩而來，就好像農夫們趕牛，平時緩緩慢慢，但是就在你幾乎快要走不動的時候，落下了一鞭子。

「啪！」

清脆有力。

選擇

清晨五點，員林火車站裡的隨香客們紛紛收拾行囊準備上路。一輛又一輛的陣頭車開進員林小鎮，福寧宮的廟埕為了迎來媽祖大轎，熱鬧非凡。

「弟子阿仁，今天隨大甲媽祖要往嘉義遶境進香，跟土豆、阿娟、筱瑜走到這裡，真的是很累，求媽祖婆要保佑我的母親身體健康，保祐我們平安順利，回去都能夠賺大錢，好好過日子。」

隨著時間推進，黑夜慢慢過去，天空翻起魚肚白。員林火車站剛好就在福寧宮旁邊，是這條遶境途中唯一一個完全順路的車站。而且從大甲到員林，步行正好一日兩夜，稍作歇息就可以趕上早班的火車回程。

有些人從彰化出來走一晚上，送媽祖婆到員林然後離開，因此這個火車每到大甲媽遶境必定是人滿為患。

蔡正國癱坐在員林火車站的椅子上，他搖著頭：「我不行了，我真的走不了了。」

陳肇仁痛苦地活動自己的雙腿，他可以感覺到不適感依舊，但是大腿兩側的神經並沒有收縮起來，不像蔡正國的兩條腿，僵硬、緊繃。

王秀娟也抱著雙腿，蹲在牆角：「我也不走了啦，走了一日兩夜，太誇張啦。」

陳肇仁看了趙筱瑜一眼。如果不是這個女生，那他現在肯定跟阿娟、土豆一樣躲在牆角，痛苦地掉眼淚。

趙筱瑜走到王秀娟面前：「來，我幫妳拉筋。」

王秀娟直接將她的手拍掉：「妳不要碰我！」

蔡正國把鞋子脫下來，他那失眠、失溫又蒼白的臉上透露著絕望：「幹，我寧可讓昌叔亂刀砍死，也好過這樣被凌遲啦。」

陳肇仁提高音量：「土豆，不要亂講話啦！」

蔡正國：「不是嗎？林杯在廟口一個打十個，還沒有現在這麼痛苦。」

趙筱瑜無奈地皺起眉頭：「啊你們又不讓我幫忙拉筋。」

蔡正國：「妳這個女人不懂啦，妳以為只有拉筋嗎？林杯歸懶趴攏燒起來了，妳知道嗎？你能幫我的懶趴拉筋嗎？」

趙筱瑜被他說得啞口無言。蔡正國把臉別開，兩腿癱坐在地上，斗大的眼淚就滾下來。

「我剛剛去廁所，幹，內褲脫下來，裡面全都是血。」

聽到這話，陳肇仁怕忍不住笑出來，趕快把臉別開，蔡正國把手伸到趙筱瑜面前，像抓著一顆水果那樣虛握著：「林杯ＸＬ的，妳不會懂啦，晃來晃去，磨得我兩邊都破皮了。」

趙筱瑜有點懂了，臉頰出現了一絲紅潤。

「靠杯阿，你沒穿三角褲喔？」陳肇仁問著。

蔡正國：「穿什麼三角褲，林杯ＸＬ，三角褲包成一丸，很不舒服。」

陳肇仁：「廢話，就是要包成一丸才不會晃來晃去啊。」

蔡正國：「我聽你在豪洨[13]啦！那舞摳靈。」

陳肇仁：「真的啦，我不會害你，我也穿三角的好嗎，不然我現在去便利商店買免洗的給你穿。」

蔡正國：「免！我要走了。」

陳肇仁：「走去哪？」

被陳肇仁這麼一問，蔡正國愣住了。回家嗎？現在他家裡肯定都是警察。原本想說到彰化可以投靠昌叔，現在大概連昌叔都在找他，黑白兩道都要他們。難道要搭火車北上？與其去陌生的台北，不如往南走；但是在車上，會不會跟黑面一樣被埋伏的員警逮捕。

天下之大，頓時間彷彿沒有了容身之處。

趙筱瑜不明白他們在說什麼，看著蔡正國：「如果真的放棄不走了，不然就搭火車回家，反正等一下就有一班車回大甲，又不是有許什麼願，跟媽祖婆說一下，媽祖婆不會見怪啦。」

蔡正國猶豫地看著清晨的火車站，人潮越來越多。不知道怎麼搞的，他突然覺得冷清的晚上反而更有安全感，現在人潮一多，火車站又準備開始播放廣播，突然覺得好想找個地方躲起來。

「要坐車嗎？要坐車嗎？」

就在這時候，一輛接駁車從遠處開過來，或許是因為清晨的關係，車上冷清清的一個人都沒有，蔡正國馬上一拐一拐地走出去。

「等一下、等一下，我們要坐車！」

司機大哥把車停下來：「來，後面自己上來。」

13 嘐潲：俗寫「豪洨」，意指吹牛、胡說八道，hau-siâu，台語。

王秀娟看到蔡正國走出去，趕快也站起來：「阿仁？作伙坐車？」

陳肇仁咬著牙，搖搖頭。

司機大哥笑著：「走不動就上來啦，媽祖婆又沒有規定要全程都用走的。」

陳肇仁還是搖搖頭，幫忙把王秀娟扶上車子。

蔡正國對陳肇仁說：「你堅持要去嘉義？」

陳肇仁點點頭。

蔡正國：「好，我也到嘉義，大哥，麻煩幫我載到嘉義。」

司機大哥哈哈大笑：「少年仔，沒有載這麼遠的啦，我只到北斗奠安宮，我要在那裡等媽祖婆的大轎啦。」

蔡正國愣了一下：「好，奠安宮就奠安宮！」

◆

「阿仁，你要八天七夜全程徒步嗎？」

「對啊，妳呢？」

「我也是。」

「那妳很誠心啊。」

蔡正國跟王秀娟又離開了，烈日當空，剩下陳肇仁和趙筱瑜緩慢地前進。

四月的春天像極了後母的臉，說變就變。昨天還冷得幾乎失溫，今天卻熱得讓人受不了，外套一件件全往桶子裡塞。就連趙筱瑜的背包也放在手推車上，雖然趙筱瑜的背包不重，但是兩天兩夜壓在肩膀上長途步行，儘管她有運動底子加上全程拉筋，肩膀還是非常難受。

所以當陳肇仁第三次問她，要不要把背包放在手推車上的時候，她終於堅持不了，把背包放下來。

一樣的陽光灑在路上每一個信眾的身上，陽光是一樣的；風是一樣的；路也是一樣的。不一樣的是，每個人選擇上路的方式不同。就像現在，坐在車裡的蔡正國跟王秀娟，他們吹著風，看著路上的景象快速從身旁掠過。

彷彿回到文明一樣的人生，不用再去想路上的艱辛，不用再去想到底還有多久到下一間宮廟，不用再去想到底什麼時候才可以脫離這一切。

王秀娟：「土豆，你不會真的打算走到嘉義吧？」

蔡正國：「走到嘉義哪裡不好？」

王秀娟：「你不要鬧了，我們是在跑路，不是在遶境，你忘了嗎？」

蔡正國：「我問妳，不去嘉義，妳想去哪？」

王秀娟：「隨便，都好，去一個沒人找得到我們的地方最好。」

蔡正國：「妳媽呢？怎麼辦？」

王秀娟：「我管她的，我回不回家，她也不在乎吧。」

蔡正國：「我問妳，不跟著走，妳有錢嗎？」

王秀娟沒回答，只是轉頭看著車外。離開楊日昌之後，蔡正國就不只一次想過，如果真的不走了，他要去哪？怎麼去？

蔡正國：「跑路要錢，我們有錢嗎？我是沒有。」

王秀娟：「繼續走下去也不會有錢啊。」

蔡正國：「但是這個世界上，有什麼地方吃東西不用給錢、不用怕被下毒、不用怕被趕嗎？」

王秀娟沉默了。這條路，隨便找地方就可以睡，整條路數十萬人，騎樓下、公園裡到處都有人席地而睡，沒有人會覺得有什麼問題或者可疑。

這條路，英雄不問出處、身分不論高低，沒有人在乎你曾做過什麼，哪怕是大公司大老闆，一樣是為了要借一間廁所，跟路旁商家拜託得腰都彎下去了還要看人嘴臉。

他們兩個出來匆忙，身無分文。除了這條路，又有哪裡可以保他們順順利利南下。苦是苦了點，但是安全，說是狐假虎威地借了一道媽祖婆威儀吧。至少不愁吃喝，洗澡有地方、睡覺有地方，不用像陰溝裡的老鼠蟑螂，擔驚受怕地被警察抓。

這條路上數十萬人，誰能認得誰是誰。

王秀娟冷冷地說：「那真的要走就走了，阿仁找那個女人做什麼？不知道我們現在最怕就是遇到太多人嗎？」

蔡正國：「唉唷，阿仁不是說了嗎？也不是他主動去找的，是那個女生自己靠近的，說什麼要幫阿仁拉筋，啊大家都走在同一條路上，像現在我們走了，阿仁有個伴不是也很好。」

王秀娟別開臉：「反正我不喜歡，我也不想繼續走了。」

蔡正國：「先到嘉義再說啦。」

王秀娟：「走到嘉義錢也不會從天上掉下來啦。」

東螺

奠安宮外面車水馬龍，蔡正國跟王秀娟一到這裡，馬上躲到二樓補眠。身子剛剛躺直，不但不管形象，連大廟外奠安宮的陣頭團準備出去迎接大甲媽，敲鐘擂鼓聲響徹雲霄，他們兩個也是睡得不省人事。

直到一個小時後，陳肇仁跟趙筱瑜走進大廟，陳肇仁痛苦地坐在階梯上。因為昨天晚上的雨，雨水被烈日烤得熱氣蒸騰，柏油路的溫度就像一個大蒸籠，水蒸氣不斷往上竄，隨香客如果腳底起了水泡，是非常難以繼續前進的。

儘管有人能夠咬著牙將水泡踩過去，但是人的走路習慣不會因此改變，有人習慣腳跟先著地，有人習慣腳尖先著地，所以一旦起了水泡，那個點就是會持續不斷地被摩擦，然後水泡裡面還有水泡。

無止無盡。痛苦就像被夾子夾住，甩不掉也扔不開，如影隨形的討人厭。

「把鞋子脫掉。」趙筱瑜拉了椅子讓陳肇仁坐下。

「妳要做什麼啦？」陳肇仁問著。

趙筱瑜：「起水泡了對不對？」

陳肇仁：「我哪知道。」

趙筱瑜：「我看看。」

陳肇仁：「不用啦。」

趙筱瑜板起臉孔：「鞋子脫掉我看看啦！」

陳肇仁實在是拿她一點辦法都沒有，當下把鞋子脫下來，緩緩將襪子脫下。

一顆大水泡嘲笑般地卡在陳肇仁右腳食指與拇指的縫隙處。

陳肇仁皺起眉頭，他感覺自己的腳溫度非常高，再這樣繼續走下去，恐怕水泡又會一個個冒出來。

「欸，聽說阿貴那一團走了十幾年的老師傅，今年中暑回去了。」

「這樣喔，連他都回去了，今年真的很難走。」

「對啊，晚上冷得要死，白天熱得要死，如果起水泡，真的就很難走下去了。」

坐在階梯邊，兩個大叔聊著天。聊天的內容，就像有人算準了刻意派來陳肇仁身旁說給他聽一樣，落井下石、雪上加霜。

但是趙筱瑜完全不受這兩個大叔的影響，從背包裡拿出一個小小的針線包。陳肇仁無奈地低下頭，他撿回襪子，但是趙筱瑜一把就將他的襪子搶走。

「做什麼啦？」陳肇仁問著。

趙筱瑜拿著穿好了線的鋼針，接著將一罐鐵罐裝的面速力達母打開，勾出一點點藥膏，秀氣地把粗線咬斷。

「不要動啦。」趙筱瑜說著。

趙筱瑜抓住陳肇仁的右腳，她彎下腰，非常非常仔細地凝視著這顆水泡。

陳肇仁頓時間有種說不出來的感覺，自己的腳陪著自己長這麼大，除了李貴桃之外，還沒被一個女孩這麼盯著看過。

但是趙筱瑜接下來的動作，讓陳肇仁完全冷靜不下來。趙筱瑜抓著鋼針，緩緩將針頭往陳肇仁的水泡上扎。

「幹，衝啥毀啦！」陳肇仁被嚇得破口罵出來。

不過趙筱瑜眼明手快，已經一針扎穿了水泡，水泡裡黏膩的組織液快速被粗線頭吸收進去，接著她手指相當俐落接過鋼針，拿出一把小剪刀，直接把線頭剪斷。

像李貴桃在縫陳肇仁的衣服那樣俐落，陳肇仁不可思議地看著自己的腳趾，水泡上留了一段黑色粗線。

趙筱瑜隨後又拿出透氣繃貼把陳肇仁的腳趾貼起來：「讓腳的組織液跟著線流出來，等一下再走就不會再起水泡了。」

陳肇仁訝異地看著自己的腳。

趙筱瑜皺起眉頭：「不過這不是正確的治療方法，只能夠先應急，等一下如果有機會還是要重新處理一下。」

陳肇仁：「這樣有用嗎？」

趙筱瑜：「因為鋼針剛穿過去，現在粗線接觸的是你裡面的嫩肉，如果馬上走的話會很痛，我們最好在這裡休息一下再走會比較好。」

就在這時候，蔡正國跟王秀娟已經睡飽從二樓下來。

蔡正國拍了陳肇仁的肩膀：「幹，啥情形？不痛嗎？」

陳肇仁咬著牙，他這個人用台灣話來說是憨直，但是在他的心裡，他不希望給蔡正國、王秀娟一個走不下去的形象。

他想帶他們到嘉義去，雖然他也說不出來去嘉義要做什麼；或者他也不知道是不是真的去嘉義幫媽祖婆祝壽完，他們就可以獲得新生；但他還是希望，他們兩兄弟可以一起完成這八天七夜的旅程。

更何況，頭三天南下嘉義，他們已經快要走完了兩天兩夜，第一天大甲到彰化，第二天彰化到西螺、第三天西螺到新港。北斗奠安宮距離西螺，嚴格說起來，只剩下半天的路程。

陳肇仁直接站起來：「沒問題啦，你們休息好了嗎？走。」

一站起來，他把右腳往地上一踩，線頭接觸著沒有皮膚保護的嫩肉，摩擦拉扯的痛。宛如一根鋼針，從腳底沿著神經，直接貫穿腦門。那種痛，可以痛得讓人眼淚直接飆出來，不管多堅強地男人，都能淚灑當場。

但是陳肇仁忍了，把牙根咬斷了都要忍著。

王秀娟指了指前方：「那如果沒事就走啊。」

趙筱瑜看著陳肇仁，露出擔憂的神色，她其實不清楚他們之間的關係，但是她很清楚，陳肇仁那剛穿完了針線的右腳絕對不可能沒事。

◆

每一步，疼痛都來自自己的腳趾。熱辣辣地跟火烤沒什麼兩樣，溫度居高不下。奠安宮往東螺媽的路不長，路旁兩邊青蔥翠綠，徐來的微風，完全無法減輕陳肇仁一絲一毫的疼痛。

他慢慢地走在路上，咬著牙，忍著淚，只有趙筱瑜知道他的腳趾狀況，所以趙筱瑜盡量走慢一點陪在他身邊，就怕他真的撐不下去，可以趕快給他一些幫助。

時間一分一秒過去，汗水滴在鞋子上。

東螺媽祖的陣頭團非常有特色，陣頭清一色的黃色制服，頭上的草笠仔，內襯以粉紅色花布為底，顏色張力強大的頂著豔陽，看起來有說不出來的活力。

如果是擺在別的時候，陳肇仁大概會多看兩眼，偏偏現在他正受著腳底線頭的折磨，他只能一步一步前進。

最後穿過小路以及兩排的陣頭團，跪在東螺媽祖面前，頭一抬，看到了東螺媽祖那眼觀鼻、鼻觀心的莊嚴，彷彿一個嚴厲而慈祥的母親，居高臨下看著自己。

他再也忍不住了。想起了自己的幼年，想起了自己的成長、想起了自己的叛逆。

從小就沒了父親的他，在龍蛇雜處的魚寮長大，打架是家常便飯，誰家的哥哥被欺負，他們吆喝一聲，這個村子跟那個村子扭打成一團。偷竊是一種專業技能，小時候偷腳踏車，長大了偷摩托車，還沒考到駕照就偷汽車。賭博，不知道多少次，撬開人家機車的置物箱、汽車的車門，從裡面摸走鈔票銅板然後貢獻給隔壁鄰居的私人賭場。小奸小惡、小打小鬧。儘管殺人放火沒做過，但是他做的這些，也不是法律所能允許。眼淚，忍不住落下。

匍匐在東螺媽祖的神座前，陳肇仁壓低了身體。蔡正國皺著眉頭，看著陳肇仁的眼神裡多了一種陌生。

王秀娟也不高興地小聲說：「是哭什麼？幹，欸，你兄弟啦。」

蔡正國：「不要看我，我不認識他。」

趙筱瑜站在陳肇仁身旁，不發一語地陪著他。

蔡正國冷冷地說：「幹，我認識的阿仁，天不怕地不怕，是林杯被菜刀壓住，赤手空拳還敢衝進來救人的英雄。」

對於他們的冷言冷語，趙筱瑜不知道陳肇仁是否聽到。如果可以，她突然有種寧可陳肇仁什麼都不知道的感覺。

也不知道是因為腳底的疼痛，還是因為長期步行的煎熬，亦或者是東螺媽祖那慈悲自在的神情讓陳肇仁情緒幾乎崩潰。

「噹！噹！噹！」

也不知道過了多久，東螺開基祖廟天后宮的大鐘傳來聲響。

「咚！咚！咚！」

鼓聲大作，敲鐘擂鼓，表示有神尊要進廟。

陳肇仁掙扎著爬起來，趙筱瑜趕快扶著他的手臂。他們四個趕緊讓到一旁。

一個大叔背後扛著一個神龕，神龕裡坐了一尊拿著火尖槍的太子爺。

大叔站在媽祖廟外面，恭敬地等敲鐘擂鼓結束了，他才走進廟中，將背後神龕放在神桌上。

陳肇仁看著那大叔黝黑的皮膚，開朗的笑容，他實在很難想像，光是這兩天兩夜的步行，就足以讓人的情緒崩潰又碎裂，這個大叔不僅僅沒有手推車，跟大家一樣步行，甚至還扛著一個神龕，他到底怎麼辦到的？

「走了。」沒有給陳肇仁太多的思考時間，蔡正國催促著。

因為隨著時間推移，大轎離這裡的距離越來越近，人潮也越來越擁擠，東螺媽祖的廟埕前面，站滿了各家報導的電視台，越來越多記者進駐。

蔡正國不喜歡警察、更不喜歡記者。他們匆匆忙忙離開東螺，從田埂邊轉往溪州，準備走西螺大橋結束第二天的行程。

路旁，一個莊稼漢扛著鋤頭從田中走來，剛好看到他們四個。他拎起路旁長凳上擺的最新式鋁合金大茶壺，一臉親切的笑容。

「少年仔，要喝茶嗎？我這個茶是上好的喔，還熱的。」

剛睡醒沒多久的王秀娟和蔡正國看都不想看這壺茶一眼，但是陳肇仁跟趙筱瑜已經停下腳步，接過莊稼大叔手中的茶。溫熱的茶順著食道往下，彷彿一個熨斗，將一晚上失眠、躁動的腸胃燙得妥妥貼貼。如同春風拂面，一雙溫柔的手撫平了五臟六腑。

莊稼漢笑著扛起長凳：「你們喝，那我要回去了。」

陳肇仁馬上接過莊稼大叔的長凳，並且放在手推車上：「大叔，你家在哪裡，我幫你推回去。」

莊稼大叔笑著指了指前方，一棟三樓的豪華洋房：「對面而已啦。」

陳肇仁：「沒事，那我來我來。」

陳肇仁幫著把大叔的長凳推進馬路對面的洋房。

對於陳肇仁的行為，王秀娟大翻白眼，兩手抱在胸口：「啊是怎樣？你兄弟轉性了是不是？」

蔡正國冷冷地別開臉：「我哪知道，吃兩天素就這樣，我看給他走到嘉義，就要出家當和尚了。」

趙筱瑜站在風中，看著陳肇仁的背影，似乎是對於他們的冷言冷語有點習慣了。她看著陳肇仁的眼神裡，似乎隱隱約約多了一點點閃爍的波光。

西螺大橋

穿過溪州走水尾堤防，爬上上坡路段，轉上去就是朱紅色的西螺大橋。在水尾堤防的最尾端，許多人做最後的休息整補，然後在夕陽映照下，他們邁開腳步，爬上最後一個上坡路段。

陳肇仁幾乎是呈現七十度的傾斜，用力推著手推車，趙筱瑜或許是因為行李在手推車上，因此趕快過來幫忙推著車。蔡正國和王秀娟氣喘吁吁地爬上去，坐在馬路邊大口喘氣。上坡路的盡頭，一字排開數十位攝影師，昂貴的鏡頭對準了趙筱瑜和陳肇仁。

每一年大甲媽祖遶境，就會有攝影的同好發了瘋似地記錄著這條路的點點滴滴；尤其是西螺大橋那鮮紅的橋墩，「中美合作」的鐵牌緊緊地鎖在橋上，張力十足的顏色是每一個攝影者所追逐的浪漫。

就在這時候，一個阿婆牽著腳踏車，亦步亦趨地走在上坡路上，她搖搖晃晃的幾乎無法前進，然而阿婆越是這樣，路旁的攝影機越是不斷閃動，彷彿寧可錯殺一百也不肯放過一個的消耗底片。

沒有人對阿婆伸出援手，大家好像都在等著精彩的照片，反而沒有在意這照片的背後是否意味著殘酷與冰冷。

「幫我扶一下。」陳肇仁對趙筱瑜說，趙筱瑜趕快撐住手推車。陳肇仁急忙回頭，就在阿婆的腳踏車要倒不倒的時候，一把抓住那輛單車的龍頭。

「阿婆，小心。」陳肇仁笑著說，看到單車穩下來，阿婆鬆了一口氣。但是旁邊攝影大哥紛紛扼腕。

陳肇仁穩穩地幫阿婆將單車往上坡處推，穿過趙筱瑜身旁的時候，陳肇仁小聲地對趙筱瑜說：「抱歉，等我一下。」

趙筱瑜什麼都沒說，只是給了陳肇仁一個安心的眼神。在陳肇仁幫阿婆把單車推到上坡頂點後，趕快跑回手推車旁，跟趙筱瑜一起抓住推車。

「歹勢，讓你一個人在這裡顧我的推車。」陳肇仁不好意思的說。

趙筱瑜搖搖頭，沒接陳肇仁的話，反而問了：「你的腳不痛了？」

陳肇仁這才想到自己的腳：「欸，好像，不會痛了耶，有效喔。」

趙筱瑜：「還是要重新處理一下。」

陳肇仁：「好啦，那我們數到三一起推，一、二……」

西螺大橋，總長一千九百多公尺，橋面寬達七．三公尺，日治時期稱為濁水溪大橋，南起西螺、北接溪洲，連結濁水溪的重要橋梁，被譽為「遠東第一大橋」。

當年橋剛竣工時，為了橋梁命名，曾引發彰化、雲林兩地居民紛爭，後來政府決定延用美國杜魯門總統在國會上的英譯名，稱為「西螺大橋」。

將近兩公里的路，說長不長，說短不短。但是以他們徒步了兩天兩夜的體力來說，最後要走這一座美麗的大橋卻是一種折磨，一場將近一小時的折磨，尤其是在他們準備上橋的時候。

原本燦爛的午後，突然風雲變色，老天爺像在開他們玩笑似的風起雲湧。西螺大橋本來就靠近濁水溪出海口，加上四月春寒，天氣說變就變，本來帶著溫暖的風，捲起了水氣與涼意。

陳肇仁無奈地拿出雨衣，蔡正國、王秀娟也紛紛把雨衣套上。

趙筱瑜訝異地問著：「你們這麼快就要穿雨衣嗎？只是天氣很糟，還沒下雨啊。」

陳肇仁把雨衣穿好，斗笠戴上：「快下雨了。」

王秀娟：「她不是海邊長大的，不會懂啦。」

蔡正國看著那風起雲湧的出海口：「氣運風涼、有雲如蛇，主大雨。」

陳肇仁笑著給了蔡正國一拳：「幹，又做詩？」

蔡正國驕傲地抬起頭：「早就說過了，我是欠栽培。」

陳肇仁對趙筱瑜說：「我們都是海邊長大的，別的不敢講，看天氣還是家常便飯，雨衣穿著吧。」

天有不測風雲，就在他們走進西螺大橋不到兩百公尺，雨絲夾著狂風，直接從出海口捲進來，那巨大的浪口就像一隻野獸在咆哮，對著西螺大橋上的人們怒吼。

風強雨急，許多婆婆媽媽帶著小孩子，來不及穿雨衣的就直接縮在橋墩旁。橋上幾乎沒有任何遮蔽物，一座孤橋立於天地之間；狂風暴雨宛如老天爺將水從天空倒下來一般；便宜的雨衣甚至抵擋不住這樣的大雨，雨傘則根本就是一場災難，開花的開花，斷骨的斷骨；趙筱瑜長眼睛沒見過這麼大的雨。那劈下來的雷，彷彿就在身旁，一條一條的白龍將天空分割開來；恐怖的大自然對著橋上這些還在堅持的隨香客發出挑戰。

雷鳴、驟雨，許多人根本動彈不得，已經上橋的緊抓著粗壯的橋身無法前進，還沒上橋的通通躲到大樹底下。

趙筱瑜也感到懼怕，這張牙舞爪的天地讓人感覺無比渺小。然而她卻感覺有一雙厚實的大手，一把穩住她那惶惶不知所措的心情。

陳肇仁拉著她的手，大手厚實且溫暖；趙筱瑜看著他。其實不只是他，王秀娟、蔡正國都一樣：他們頂著風、逆著雨，眼神裡有一種豪不畏懼的韌性。

他們邁開一步又一步堅定的步伐，推進著。在這場雨之前，他們痛苦不堪，甚至哀號、退縮；但是這場雨打下來之後，他們卻反而變得堅定、不屈。一種與天爭的態度，絲毫不加掩飾的暴露出來。

趙筱瑜發現自己越發不懂他們。他們像野草，春風吹又生；他們像蟑螂，生命力旺盛；他們像一條又一條咬不爛的羊筋，他們像一頭又一頭壯碩的公牛，這就是海口人。

狂風暴雨的日常。

就在趙筱瑜驚慌失措的時候，王秀娟淡淡地說了一句：「阿仁，讓她走在後面啦。」

搖晃的夢

如果沒有陳肇仁拉著她，如果沒有王秀娟跟蔡正國走在前面頂風、破風，趙筱瑜根本走不過西螺大橋。尤其是通過中段，那風簡直千軍萬馬的朝他們身上撲來，蔡正國走在左邊，歪著斗笠，用身體頂開氣流。王秀娟走在右邊，捲起褲管露出白皙的腳踝，破掉正面撞擊的風壓。

陳肇仁右手拉著趙筱瑜，跟蔡正國兩個人為她築起一道城牆。這三個人幾乎像是圍成一個「L」似地把趙筱瑜保護在風雨最小的真空地帶，一路上用一種如火車般堅毅的氣流，安穩地走進西螺。

纖細、嬌小的趙筱瑜，如果沒有他們，大概就跟路旁完全推進不了的女孩子一樣，只能蹲在路邊任由雨打風吹，無助地等雨小了，才能夠繼續站起來前進，可誰又能預料到雨勢什麼時候會停歇。

進了西螺，原本搭了舞台準備迎媽祖大轎的喧鬧城鎮，因為這場大雨讓人們紛紛走避，就像被開了路一樣，他們四個人完全沒有任何擁擠地一路走到西螺福興宮，儘管有雨衣，仍然是全身溼透。

這是第二天的行程終點。今天晚上，大甲媽祖的大轎將會駐駕在這裡。在出發前，他們萬萬沒想到會一路到西螺來；別說走路，甚至是搭路上的接駁車都沒想過。

慈祥的太平媽神座前，香煙裊裊。政治人物在鎂光燈包圍下，早早就抵達福興宮，在廟裡等著媽祖婆到來。空閒的記者們也紛紛抓緊空檔採訪這些政治人物作為晚間新聞播出的材料。

「都濕透了啦。」王秀娟忍不住抱怨著。

蔡正國：「忍耐一下啦，阿仁，那我們現在怎麼辦？你不是說要走到嘉義，我們繼續走嗎？」

陳肇仁：「來去買一件雨衣啦。」

經過西螺大橋之後，他們也發現最新式的輕便雨衣根本檔不住大自然的狂風暴雨，畢竟沒有經驗，還是小看了這條路的艱難。

買好雨衣後，五金行的老闆娘看他們是年輕的隨香客，不僅大大讚揚，而且還把他們誤會成兩對情侶，甚至熱情地介紹西螺鎮上的婚紗店，告訴他們跟大甲媽祖都有好姻緣，如果將來結婚，一定要來西螺拍婚紗。

這條路上就是這樣，有時候盛情難卻根本不知道讓人怎麼拒絕。結果聊到最後，老闆娘心疼兩個女孩淋成落湯雞，特別開了五金行的浴室給他們洗一場溫暖的熱水澡。

在五金行對面，陳肇仁把車子推到騎樓下。還沒有開張的蔥油餅店，門口乾淨、可以遮風擋雨。

他們四個真的太累了，當下拉開睡袋，把新買的雨衣掛起來當成遮雨棚。

四個人在地上躺平，以天為蓋、以地為廬，能有個路邊的騎樓，已經是特等席。

整整兩天兩夜，他們嚴格說起來沒有睡上一個好覺，大村路旁工廠的失溫，還有路上斷斷續續在便利商店裡打盹，兩天下來，除了五小時左右的睡眠之外，其他時間都在走路。現在他們的體力、精神其實也都被逼到臨界點，熱水澡只是稍稍緩和疲勞，但是真正需要的還是睡眠。

四個人一字排開的睡著了。不知道為什麼，趙筱瑜睡著得挺快，或許是因為陳肇仁在旁邊的關係，在還沒遇到陳肇仁之前，她一個女孩子徒步遶境，總是睡得特別不安穩。

擔心鞭炮、擔心大轎、擔心人來人往的街道。但是看著快速失去意識的陳肇仁，趙筱瑜掛上耳塞、眼睛蒙上了領巾，沉沉地睡去。

夢裡的趙筱瑜是個孩子。她坐在父親的肩膀上，那個角度感覺好高好高。

遠遠地，看到一頂轎子在人群中簇擁而來。

鞭炮連天，抬轎的吆喝著眾人跪下，然後父親就把她放下來，他們匍匐在地上，那一頂轎子被舉起來，轎班呼喝著要所有人將頭低下。趙筱瑜小小的心裡有著攔不住的好奇，她抬頭看了一眼。

媽祖鑾轎，神威赫赫。

「妹妹，把頭趴下去。」一個轎班的大叔對她說著。

然後趙筱瑜就趕快把頭趴下去。轎子從她身上過去，那一瞬間有種難以言喻的感覺。

好像世界都被定格了。凝聚了數萬人心的媽祖婆，此刻就在自己的身上。

回家的時候，趙筱瑜問父親，為什麼要趴在地上？

「傻孩子，這叫做倭轎腳。」

「什麼是倭轎腳？」

「倭轎腳的意思就是說，以前的人歡迎媽祖婆來我們這裡，但是因為社會貧窮，沒什麼東西可以侍奉媽祖婆，所以就用自己的身體當坐媽祖婆的供奉，讓媽祖婆從我們身上踏過去。」

「所以我們家很窮，沒有水果可以供奉給媽祖婆嗎？」

「現在已經不是這個意思了啦。」

「那現在是什麼意思啦。」

「現在的意思是說，希望可以借由媽祖婆的神威，保佑小魚平安長大，還有保佑媽媽身體健康。」

「可以保佑媽媽身體健康嗎？」

「嗯，可以吧，希望可以。」

趙筱瑜拉著父親的手，她和父親望向遠方。遠方有夕陽，夕陽西下，和徐的陽光照得她的臉暖暖地。

很像母親的手，一晃、一晃。天地，不斷地搖動。

「醒醒！醒醒！」是陳肇仁的聲音。

趙筱瑜迷迷糊糊的，看著陳肇仁焦急的樣子，她不知道為什麼，只覺得眼睛睜不開，感覺好像天旋地轉著。

王秀娟蹲下來摸了摸趙筱瑜的額頭：「她發燒了。」

蔡正國皺起眉頭：「真的是肉雞，淋一點雨結果真的就感冒了。」

就好像在夢裡一樣，那個聲音是如此不真切，但是趙筱瑜還是掙扎著爬起來。

「妳不要亂動。」陳肇仁趕快讓她靠牆。

趙筱瑜迷迷糊糊地問：「現在幾點了？」

陳肇仁：「八點了。」

聽到這個時間，趙筱瑜趕快掙扎著：「媽祖婆在福興宮只停到十二點，我們要快點走。」

陳肇仁：「妳這樣怎麼走啦。」

趙筱瑜：「我可以啦。」

話一說完，趙筱瑜搖搖晃晃地撐起身體，陳肇仁趕快扶著她。

王秀娟：「感冒了就回去啊，逞強什麼啊？」

趙筱瑜：「不可以，我不可以回去。」

蔡正國：「哪有什麼不能回去，妳都這樣了還不能回去？是在堅持什麼啊。」

趙筱瑜：「總之不能回去，我要走完。」

趙筱瑜收好睡袋，趕快把行李固定在手推車上。

蔡正國：「白癡，我懶得理妳。」

王秀娟：「我們先往前走，阿仁，你自己跟她說，她這樣怎麼可能走得完啦。」

蔡正國拉著王秀娟：「阿仁，我們去前面新天宮等你啦。」

陳肇仁看著動彈不得的趙筱瑜，趙筱瑜喘著氣，蹲在路旁，兩手不斷顫抖。

蔡正國跟王秀娟彷彿搭車搭出了心得，看到路旁有一輛得利卡，車燈是亮的，他們兩個靠過去就跟司機大哥說了幾句。

然後司機就讓他們上車了。

陳肇仁：「為什麼一定要走完？」

趙筱瑜：「這是我跟我媽的約定，我要走完。」

陳肇仁：「妳媽不會想看妳感冒了還繼續走吧。」

趙筱瑜用力地搖頭。陳肇仁發現這女孩的溫柔，也發現這女孩的倔強，他不懂為什麼都已經這樣了，這女孩仍然堅持著要走完。

陳肇仁：「西螺客運就在旁邊，我帶妳去。」

「不要！」趙筱瑜提高了音量。

陳肇仁愣住了。

趙筱瑜說：「我有跟媽祖婆說，八天七夜如果能走完，希望媽祖婆保佑我媽媽好起來。」

一句話，說得陳肇仁沉默下去。趙筱瑜靠著牆壁，努力撐起瘦弱的身體，就像風中殘燭。出發的時候，陳肇仁就知道自己的能力不足，所以他不敢扛著別人的成敗。

但是媽祖婆就好像開他玩笑一樣，讓他遇上趙筱瑜。陳肇仁對陌生人可說是一個很冷漠的人，但是對朋友是可以兩肋插刀的，趙筱瑜對他來說，已經是朋友了。

前一天，如果沒有趙筱瑜，他根本到不了西螺。陳肇仁沉默著，一直到現在他才知道，原來這個看起來樂觀開朗，並且做足了準備功課的女孩，是為了母親來的。

趙筱瑜無力地癱坐在地上：「但是我擲不到筊，不管我怎麼問，都沒有筊，媽祖婆不讓我來，三個陰筊、三個……。」

有的人約好了要來，但是千方百計地想逃避；有的人拚了命地想來，但是怎麼擲都擲不到一個聖筊。這條路，幾十萬的信眾，當然不可能每一個人都是擲到聖筊才來。但是若有所求，擲不到筊還上路，那要克服多大的障礙。

海口人有句話，是用來形容趙筱瑜這種人的。

「憨膽。」

陳肇仁深深吸了一口氣。地藏菩薩說，地獄不空，誓不成佛。泥菩薩過江，如果保不住自己，那能渡一個便是一個。更何況這條路上，能不能渡人，在媽祖婆，不在自己。

自己能做的是盡自己所能，陪著走這一段路，伸出手將趙筱瑜拉起來。趙筱瑜訝異地看著他。

陳肇仁：「能走多遠就走多遠吧。」

醫療團

看到陳肇仁帶著臉色慘白的趙筱瑜出現在新天宮，蔡正國和王秀娟那厭惡的嘴臉就不用提了。他們兩個像在看戲一樣地跟陳肇仁說，要走完是李貴桃替陳肇仁發的願，要帶趙筱瑜走，是陳肇仁心甘情願。如果走不完，沒辦法對李貴桃交代，那是陳肇仁自己的問題。

陳肇仁無話可說，甘願做、歡喜受。新天宮的晚餐準備得非常豐盛。在走到這裡之前，蔡正國跟王秀娟已經吃了好幾碗稀飯配地瓜條。

趙筱瑜冷得把身體縮成一團。陳肇仁讓趙筱瑜在廟埕休息，自己拿了兩支令旗進廟參拜、綁上平安符，過火，蓋印。

「弟子阿仁，今天跟大甲媽祖往嘉義遶境，來到新天宮，路上遇到一個叫做趙筱瑜的女孩，她因為感冒，真的快要走不下去了，求新社媽幫忙保祐，讓她的病快點好起來，然後可以走得更舒服一點。」

這是第一次，陳肇仁把每次進廟都要講的那一串話，讓給了一個認識不到三天的女孩。

走出新天宮的廟埕，突然有一個大媽對陳肇仁招招手。陳肇仁疑惑地看著大媽。大媽滿臉笑容，用一個紅色的托盤端了兩杯深紅的飲料，散發著熱氣。

大媽將兩杯飲料塞進陳肇仁手裡。陳肇仁沒弄清楚這是什麼，大媽已經熱情得說著：「這薑湯，自己煮的，給你喝，很好喝喔，天氣很冷，去寒。」

陳肇仁緊緊握著這兩杯飲料。很燙手，很暖心。他轉身，對著新社媽深深一鞠躬。

然後快步跑到趙筱瑜身旁。趙筱瑜用慘白的臉看著他，看到他眼眶裡含著激動的光芒。

「要走了嗎？」趙筱瑜擔心自己拖累了進度，什麼也沒吃的她，看到陳肇仁過來，第一件事情就是先詢問是不是因為自己拖慢了進度。

陳肇仁搖搖頭，捧起她冰冷的手，將一杯薑茶塞進她手裡。

趙筱瑜愣住，低頭看著那倒映自己臉龐的薑湯：「怎麼有這個？」

陳肇仁指著旁邊：「剛剛一個大姊給我的，趕快喝。」

趙筱瑜仰頭，緩慢地喝下了薑湯。祛寒，活血；薑湯不是仙丹，不可能一杯下去藥到病除，但是在這寒冷而陡峭的春晚深夜，一杯薑湯抵過千言萬語，自打身體深處的暖流，從裡而外的燙過每一寸神經。

陳肇仁看著因為薑湯而臉色紅暈的趙筱瑜，突然有種成就感，這女孩很可愛，如果可以，他想盡量地照顧這女孩，保著這女孩多走一段路。

看著蔡正國跟王秀娟又攔了一輛接駁車。

陳肇仁問著：「妳會想搭車嗎？」

趙筱瑜搖搖頭，然後用力拉了拉筋：「我可以，薑湯喝下去好多了。」

這條路上就是這樣，在旁人眼裡，很多人不知道到底在堅持什麼，為什麼有輕鬆的方式不做，偏要用苦行僧的方式完成這條路。

然而每個人的願與出發的理由不盡相同。有時候與其說是跟媽祖婆的約定，不如說是一份與自己的承諾。有些人承諾要徒步跟隨，有些人承諾只需要到嘉義奉天宮，有些人承諾要全程參與。

這是一條跟自己約定的旅程。所以趙筱瑜堅持要走，陳肇仁就把她的背包重新放回手推車上固定好。

第三天的行程剛剛開始，就感到無比的疲憊難行，而且就在他們走出新天宮的時候，滂沱大雨再一次無情地打下來。

西螺魚寮鎮南宮，玄天上帝手捏劍指，威儀鎮蒼穹。走到這裡的時候，大雨漸歇。看著趙筱瑜臉色蒼白的模樣，陳肇仁有著滿滿的不捨。

吳厝里朝興宮，媽祖婆慈祥地看著來來往往的隨香客們。每到大甲媽祖遶境出巡，吳厝里的熱鬧幾乎要勝過新年過節，所以這裡熱鬧非凡，鞭炮幾乎是連天的放。

蔡正國跟王秀娟已經搭車不知道前進到哪邊去了，剩下陳肇仁和趙筱瑜還在推進著。躺在朝興宮裡，趙筱瑜真的撐不住，幾乎是半昏迷地倒在吳厝媽的神桌底下。

看著趙筱瑜冷得縮成一團，額頭上卻掛滿了汗珠，陳肇仁趕快幫趙筱瑜額頭上的汗水擦掉；但是趙筱瑜還是抖得不像話。陳肇仁看著燻煙裊裊的吳厝媽，緊鎖的眉頭、渺小的生命。

生死無常。

「媽祖婆，弟子阿仁，今天跟大甲媽要往嘉義遶境，路上遇到這個女生，她很虔誠地要跟媽祖婆八天七夜往嘉義遶境，但是走到這裡卻感冒發燒，求媽祖婆照顧我們，讓她可以平安好起來，然後完成這段路。」

匍匐在媽祖婆的座前，陳肇仁又一次地把願給了趙筱瑜，在出發之前，他想都沒想過自己會為了一個陌生人，在媽祖婆面前求了一次又一次。

然後突然一個大姊用力拍了陳肇仁的肩膀，陳肇仁轉頭過去。

大姊說著：「唉唷，啊發燒發成這樣，還不去看醫生。」

陳肇仁愣住，大姊對旁邊的夥伴說：「跟李大哥說一下，小菫這裡遇到感冒的隨香客，等一下再過去集合。」

陳肇仁看著大姊幫趙筱瑜治療，他完全插不上手。

大姊只是笑著跟他說：「我們是開中醫診所的啦，我跟我們團長在路上專門幫忙隨香客，預計再過幾年要來去跟媽祖婆擲筊，成立一個醫療團。」

這條路很有趣也很神奇。到底是媽祖婆聽到陳肇仁的聲音，派了這個大姊過來，還是恰好這個大姊就在附近，剛好遇上。

誰也說不準。或許也不是那麼重要。

趙筱瑜醒過來的時候，她看到陳肇仁在朝興宮外面努力拉筋。原本他那完全拉不開的雙腿，現在已經到了可以碰到腳尖的地步。趙筱瑜看著他努力的背影，不知道為什麼，一種奇妙的感覺在心裡蕩漾。

這時候，大姊綁好了頭巾拎起醫療包，拍拍趙筱瑜的肩膀：「走了，雖然你們走路都沒日沒夜，但是藥要記得吃，加油喔。」

趙筱瑜連忙對大姊鞠躬：「謝謝大姊。」

大姊笑著看了看陳肇仁：「妳男朋友太憨了啦，妳都感冒成那樣了還去求媽祖婆，還不趕快帶妳去看醫生，不過還不錯啦。」

趙筱瑜沒說話，只是默默看著陳肇仁。

大姊從陳肇仁身旁走過去的時候，故意打了他的背：「欸，拉筋要再下去一點啊。」

陳肇仁連忙轉頭看著大姊：「她怎麼樣了？」

大姊帥氣地扔下一句：「放心啦，你女朋友沒事了，不過要多休息，你們就是淋太多雨又睡眠不足才會這樣。」

陳肇仁本來想解釋趙筱瑜不是他女朋友，但是大姊已經走遠了，而且大姊是陌生人，陳肇仁說了也是白說。

回頭，正好跟趙筱瑜的眼神對上，陳肇仁就像做壞事被抓到的小孩子一樣，有點不好意思地把臉別開。趙筱瑜臉頰有點紅潤，她微笑著走過來，然後貼在陳肇仁背上：「為了感謝你的照顧，我來幫你拉筋吧。」

「啊，不用、不用……」陳肇仁這才驚覺，原來那是惡魔的微笑。

「喀啦！」

故事

離開朝興宮之後，他們沿著二崙的路往虎尾前進。夜越來越深，蔡正國跟王秀娟早就不知道搭車去了哪裡。

空曠的田埂邊，滿天星斗。很多人不會繞進二崙協天宮，就跟當時彰化的茄苳王公一樣。而且因為從協天宮旁的小路穿過去是一片的墓仔埔，所以願意走這裡的人不多，幾乎有半數的人都喜歡走縱貫線直接去雲林土庫等大轎，所以這一段路，已經不如大甲媽剛出城那種盛況空前。

「磅！」

一朵燦爛的煙火在空中炸開，陳肇仁跟趙筱瑜回頭，是吳厝朝興宮的方向。

雲林、虎尾，越靠近海，房子蓋得越低。稻田、夜空，滿天煙火。代表了媽祖婆的大轎，已經抵達朝興宮。

陳肇仁跟趙筱瑜並肩走在田埂邊，夜風微涼、行色匆忙，穿過墓仔埔，筆直的前進。空中的煙火逼近，也就表示陣頭、大轎越來越近。

「走得動嗎？」陳肇仁問了問。

趙筱瑜：「早在昨天就走不動了。」

陳肇仁：「那怎麼辦？」

趙筱瑜：「你不是有手推車嗎？不然你推我好了。」

陳肇仁：「那有什麼問題，上來。」

趙筱瑜笑著。蒼白的臉蛋，汗珠被夜風吹乾而透著絲絲紅暈。因為沒想過自己會感冒，所以趙筱瑜沒有帶太厚重的外套，最大的一件外套僅是用來防風。

凌晨三點多，為了怕趙筱瑜感冒加重，也怕好不容易壓下去的病況再度燒起來，陳肇仁把手推車裡最大件的外套給了趙筱瑜。也不管人家女生願意不願意就把外套披在她身上，並且展現強硬的態度，要她一定穿上。

雖然星垂平野闊，雖然晚風刺骨，雖然後面的煙火越放越近，雖然時間一分一秒過去，雖然身體狀況越來越差。

但是趙筱瑜看著陳肇仁的側臉，不知道為什麼，幾天前上路的時候，對於未來茫然的不安，頓時一掃而空。

「笨蛋，不可以啦。」趙筱瑜說著。

「為什麼不行？」陳肇仁問。

「如果讓你推，那我不就算是搭車了嗎？」趙筱瑜說著。

陳肇仁頓時啞口無言，這女孩堅持要來走這一段路。儘管媽祖婆給了她三個陰筊，儘管她走到感冒發燒，她還是堅持在這條路上。然而如果沒有李貴桃的堅持，陳肇仁根本不可能來走這段路。

什麼樣的力量，驅使這麼年輕漂亮的女孩上路？之前趙筱瑜說是為了母親，但是她的母親怎麼了嗎？

陳肇仁小心翼翼，旁敲側擊地問著：「妳也不能搭車嗎？」

趙筱瑜點點頭，望著遠方，目光裡似乎多了些深沉，其實這段路又辛苦又漫長，如果沒有故事，誰會輕易上路。

陳肇仁：「妳媽媽怎麼了嗎？」

忍不住的好奇心還是讓他脫口問了。

雖然這段路攀談容易，但是很少人會問對方為什麼上路，畢竟家家有本難唸的經，誰都有不想讓人知道的過去，所以就算知道趙筱瑜是為了母親來的，但是確切情況，如果可以少問就少問，免得雙方尷尬。

但是陳肇仁卻問了，他對這女孩，有著一種難以言喻的好奇，兩個人走著。

「磅！磅！」

天空中的煙火，燦爛，響徹雲霄；今天的吳厝，是個不夜的小鎮。

趙筱瑜嘆了一口氣：「其實以前都是我爸爸會來，但是因為我媽媽身體不太好，所以我爸在醫院照顧我媽媽。」

陳肇仁沒想過會得到這麼出人意料之外的答案，平淡，卻又讓人驚心動魄：一句身體不太好，在醫院照顧，包含了太多可能。

只是那是人家的瘡疤，陳肇仁不好意思問，趙筱瑜也沒有繼續往下說。

兩人走在路上，努力加快了腳步。

◆

朝陽含著薄霧，在清晨的雲層中緩緩升起。綻放的光芒讓大地一片生機盎然。

但是蔡正國跟王秀娟，卻痛苦地在路上走著，這段路就是這樣。搭車主要的功能，是讓你緩解一段路的疲勞。不過路上的隨香客常常開玩笑說，有沒有車子可以搭，還是要看媽祖婆的意思。

從土庫出來以後，蔡正國跟王秀娟，眼睜睜看著三輛接駁車過去，接駁車上滿滿的都是人。

原本蔡正國找了一輛車，縮在角落不肯下車，反正車子往前推進一站，他就坐一站，司機大哥把車停在路邊睡覺，他就跟著睡覺。不下車的好處除了不用走路之外，還可以不用怕位置被佔走。甚至還可以對有些隨香客大小聲，呼喝著他們坐過去一點不要擠到王秀娟。

只是就在出了虎尾龍安宮之後，也不知道司機是不小心的還是有意的，剛好就在他們兩個去上廁所的時候把車開走了。

蔡正國出來之後氣得破口大罵了好幾句髒話。

「現在怎麼辦？」王秀娟無奈地問。

「怎麼辦？走啊，怎麼辦。」蔡正國不高興地往土庫前進。

然後媽祖婆就像在開他們玩笑一樣，接駁車上人滿為患。太陽越來越大，陽光越來越烈，曝曬下的兩人，吃了一大堆西瓜、椰子水，雖然不至於中暑，而且在車上休息了很大一段路，但是高溫的環境之下，體力迅速流失。

一整晚或許沒有走太多路，可是這已經是在外面風吹雨打的第三天，就好像壞掉的電池，原本可以充滿百分之百的電力，現在好像不管怎麼休息，頂多就是充到百分之六十就上不去了。

高溫烤得王秀娟的腳底起了水泡、烤得蔡正國的下檔滾燙，原本健步如飛的他們，速度緩慢下來。吃力地像一台沒有順滑油的機器，緩緩推進。前面超前的進度，現在彷彿全都被吐了出來。

從無極聖殿出來，轉進安北路，筆直地朝嘉義崙仔橋推進。這段路說長不長，而且只要過了崙仔橋就到了嘉義，從崙仔橋進新港奉天宮，不過就是七、八公里的事情，剩下七、八公里，就可以結束這三天的行程，從大甲徒步走到嘉義。

雖然蔡正國說他不是為了遶境來的，但是這時候，看著晚上不知道躲去哪裡的人潮，滿懷希望、熱切地朝新港奉天宮前進，他也努力地邁開步伐，想讓自己走進嘉義。那種氛圍，好像會感染，很奇妙地在這空曠的原野間蔓延到每個人心中。

「哈啾！」王秀娟打了一個噴嚏。

她痛得眼淚都飆出來，右手扶著腰。

蔡正國皺起眉頭：「太誇張了吧，妳打噴嚏痛到腰去？」

王秀娟：「你不懂啦，林祖嬤全身上下避震器都歹了了，直接貫穿懂不懂。」

被王秀娟頂了回來，蔡正國有點意外，平常那個對他百依百順，任他搓揉的女孩子，似乎因為身體上的極限而變得有點不一樣了。

就在這時候，一個女孩的聲音從後面傳來：「大哥，你還好嗎？要不要消炎藥？」

蔡正國猛得轉過去：「要！」

結果一看，站在蔡正國身旁的正是趙筱瑜跟陳肇仁。

「欸？是你？」趙筱瑜愣了一下。

蔡正國也訝異地往後退：「你們怎麼追這麼快？」

不退還好，因為蔡正國的肌肉非常僵硬，手腳不協調，看到趙筱瑜之後退了一步，這一步後退，身體失去平衡，整個人往後倒。

「啊、啊……」蔡正國直接跌坐在地上。

陳肇仁伸手去拉他：「你腰是夾鐵板喔。」

「靠杯啊。」聽陳肇仁這樣說，蔡正國也將陳肇仁用力地往下拉，兩個大男生直接跌坐在馬路旁。

蔡正國大罵著，陳肇仁也用力捶著他的肩膀：「拜託一下，你是沒吃飯喔。」

蔡正國掙扎著要起來，只是陳肇仁吃力地撐了他幾次都徒勞無功。反正爬不起來，他們兩個放棄了，索性坐在田埂邊看著青蔥翠綠的稻苗，迎著風捲起波浪。

趙筱瑜坐在陳肇仁身旁、王秀娟坐在蔡正國身旁。

蔡正國：「你都不會累喔？」

陳肇仁：「誰不會累？」

蔡正國：「看你都不會累啊。」

陳肇仁：「有沒有唉出來而已啦。」

蔡正國：「欸，不是啊，我們坐一晚上的車子，你們用走的，怎麼這麼快就趕到了？」

陳肇仁：「你們睡比較多，我們睡比較少啊。」

蔡正國看著陳肇仁，不知道為什麼，這個從小到大跟他一起長大，一起在拳頭、棍棒中打滾出來的兄弟，好像有了一點點不一樣。

具體是什麼不一樣，蔡正國其實說不出來，他只知道陳肇仁的眼中似乎多了一絲堅毅，還有一種說不出來的可靠，這種可靠，不屬於蔡正國記憶中的任何一個長輩。

春風徐來，隨香客如潮水般湧進新港。不管走的是哪一條路，不管搭車、騎車，最後都要走崙仔橋進新港，所以從這裡開始，人潮開始洶湧起來。

很多大甲人，儘管沒有全程跟隨媽祖婆，也會在第三天開車南下嘉義，找個好位置對付一夜，隔天早上起來參加媽祖婆的祝壽大典。

越接近中午，崙仔橋邊的人就越多，各家陣頭擺開，歌舞團、鋼管秀，熱鬧著這平常清冷的小鎮。

陳肇仁：「土豆，啊你之前不是說燒檔？後來有去買三角褲嗎？」

蔡正國：「沒有啊，我覺得你唬爛，怎麼可能穿三角褲有用。」

陳肇仁：「沒有？那你怎麼解決？」

蔡正國笑著拿出一大罐凡士林，陳肇仁愣住。

蔡正國：「幹，有看過引擎馬達嗎？林杯用這就跟黑油一樣，邊走邊擦，油沒了就補，整組馬達轉起來滑順又滋潤。」

祝壽大典

穿過迎賓橋拱門，人聲鼎沸的奉天宮外，大甲媽、新港媽，兩尊媽祖端坐在金光閃閃，紅漆與錦緞點綴的祝壽台上。

從奉天宮往外延伸，人潮擠滿了街道巷弄，不管是騎樓、雨棚，只要能遮風擋雨的，沒有一個地方空閒下來，海內、海外，四面八方的信眾，擠滿了奉天宮外的每一吋土地。

門口擺滿整排宰好的豬公，就等祝壽台上的典禮結束，後面往回走的日子就可以開葷。

台上司儀大聲朗讀祝壽詞，一些上了年紀的婆婆媽媽，拉了小板凳偷偷坐下，手裡握著隨香旗與大貢香。

飄渺的雨絲，漸漸收斂，風雨免朝。

司儀：「跪。」

聽到司儀喊跪，街道上的人像稻浪迎風般全部跪下去，坐在椅子上的婆婆媽媽，也趕快在家人攙扶下，吃力地跪在地上。那些婆婆，有的八、九十歲的高齡，還是顫抖地跪下。

司儀：「一叩首。」

陳肇仁跟趙筱瑜恭敬地拜了下去，王秀娟有點不高興地看著蔡正國。

蔡正國其實有點不以為然，畢竟說到底，他沒有信仰，他是來跑路的，不是來遶境的。

蔡正國冷言冷語地說：「啊你真的要跪，就不要鋪紙箱，直接跪不是更誠心。」

陳肇仁淡淡地說：「地上太硬了，我還要走回去，媽祖婆不會希望我受傷，心意有到最重要。」

蔡正國不是很開心的板起臉。

司儀：「重叩首。」

陳肇仁、趙筱瑜再叩首。

蔡正國忍不住了，拉著陳肇仁：「阿仁，你真的當我來遶境的就對了？」

陳肇仁：「卡誠心一點啦，你走這麼遠，就是為了來這三跪九叩。」

司儀：「三叩首。」

滿城的信眾匍匐在地，只有王秀娟不高興地坐在凳子上。路上的西瓜很甜，她很喜歡，但是除了吃的之外，其他就都沒有了，她不喜歡在外面風吹雨打的日子，尤其是看到陳肇仁跟趙筱瑜，把這段路的辛苦視為理所當然的那種嘴臉。

蔡正國壓低音量：「我走這麼遠，是為了不要被抓啦。」

陳肇仁：「這裡這麼多人，沒人能抓你啦。」

聽到他們的聲音有點大，趙筱瑜不禁看了他們一眼。陳肇仁不想破壞在趙筱瑜心中的形象，把蔡正國拉到一旁，王秀娟也跟了過去。

趙筱瑜幫陳肇仁拿著隨香旗與大貢香，還是虔誠地聽著祝壽台上的誦經聲。旁邊的角落裡，蔡正國嚴肅地對陳肇仁說：「那接下來呢？」

陳肇仁：「接下來當然是要走回去啊。」

蔡正國：「走回去？我千里迢迢走來嘉義，你現在跟我說要走回去？我又不是頭殼壞了。」

陳肇仁：「不然你想怎樣？」

蔡正國：「我好不容易走到這裡，還要我走回去？到彰化絕對被楊日昌撈起來。」

陳肇仁：「土豆，你早晚要面對啊。」

蔡正國：「你對還不對？我們兄弟耶，走到這裡你跟我說要我去面對？」

陳肇仁：「不然你打算躲躲藏藏一輩子嗎？」

蔡正國：「如果要面對，我就不會陪你走到這裡啦。」

話說完，蔡正國轉身離開。

王秀娟不高興地對陳肇仁說：「阿仁，你是他的兄弟耶，我們陪你從大甲走到嘉義，結果你現在要他走回去面對賊頭跟昌叔？」

陳肇仁皺起眉頭，一語不發地看著天空。

王秀娟：「我以為你很講義氣。」

蔡正國走回來，非常不高興地抓著隨香旗，直接塞進陳肇仁懷中，陳肇仁趕快抓住這兩支隨香旗。

蔡正國：「遶境的是你，我是來跑路的啦。」

蔡正國轉身而去的時候，拉起了王秀娟，陳肇仁無奈地看著他們兩個的背影，祝壽台上傳來司儀的聲音。

「跪！」

再一次，奉天宮外所有的信眾跪下，匍匐。

這一次只有陳肇仁站著，眉頭緊鎖；天地茫然，數十萬人的擁擠街道，眾志成城的信仰。

神聖的誦經聲，低沉的木魚聲，清脆的敲缽聲，交織成一片至聖至明的樂章。但是陳肇仁此刻卻感到無比孤獨，尤其在祝壽大典結束後，人潮漸漸散去，祝壽台以最快的速度被廟方工作人員拆除，大甲媽、新港媽兩尊天后，讓陣頭請回廟中安座。

開輦。小販吆喝，熱鬧非凡。所有人開始回程，有些新港人會等著今天晚上大甲媽祖啟程回鑾，然後跟著一起送一段。這段路就是這樣，有人全程參與，有人一段一段地送。

不論形式，心誠則靈。

祝壽大典之後，人潮逐漸緩和。但是有很多特地南下的信眾，會留在當地遊玩，買點東西，或者跟著隨香客排隊吃點心攤的午餐。在沒日沒夜的徒步三天後，這一天可以得到充分的休息，洗好澡，吃飽飯，然後扎扎實實地睡上一覺，之後再出發。

陳肇仁他們四個，在新港國小找了一個好位置窩著。所謂好位置，其實就是平常孩子們下課時打打鬧鬧的走廊邊。不過跟這幾天休息的地方比起來，這已經是好位置了，至少遮風避雨，加上外面就是點心攤，吃喝不愁。

陳肇仁回到走廊邊，蔡正國已經端了兩碗淋滿肉汁，白菜滷中還加了炸油條的燴飯。

他們畢竟是兄弟，吵架歸吵架，飯還是要一起吃的。

「我幫你端了一碗。」蔡正國說著。

陳肇仁不是素食主義者，也不會因為這幾天的步行就禁了葷食，所以他也跟著蔡正國一起吃。

兩兄弟不發一語。對於未來，也沒什麼好說的；還沒上路前，蔡正國取笑陳肇仁要來遶境，結果他也跟著來了。一路上蔡正國雖然抗拒，無奈還是走到嘉義，但是到嘉義之後呢？一百多公里的路，沒有決心和毅力是絕對無法完成的。偏偏蔡正國把遶境當跑路，都讓他安全到嘉義了，哪有回頭的道理。

更何況，回去的路有楊日昌，還有警察。

「阿娟跟筱瑜呢？」陳肇仁問著。

蔡正國用免洗筷指了指外面的沐浴車：「說去排隊洗澡啦。」

陳肇仁大口大口吃著白菜滷燴飯：「那我吃完也去洗，你要洗嗎？」

蔡正國：「我不用，燒燙燙，我用水龍頭的冷水沖一沖就好了。」

外面的沐浴車外，隨香客與陣頭團坐在紅色的塑膠椅上排隊準備洗澡，趙筱瑜兩眼無神地看著前方，似乎在發呆。

王秀娟則是大辣辣翹起白皙的二郎腿，絲毫不介意旁邊大叔不斷偷瞄的眼光：「歹勢吼，我們就是這樣的人，從小在魚寮長大，有時候大人早上去海邊，下午就沒回來，做什麼事情也沒人管，跟妳這種好孩子不同啦。」

趙筱瑜若有所思地轉過來看著她。

王秀娟：「不要用那種觀音媽的眼神看我啦，我們三個從小一起長大，他們倆兄弟什麼個性我很清楚，妳洗好就自己跟大轎回去啦。」

趙筱瑜：「我相信阿仁跟你們不一樣。」

對於趙筱瑜這句話，王秀娟非常不高興地提高了音量：「妳相信？我跟阿仁、土豆一起長大，他什麼樣子我不清楚嗎？還需要妳跟我說妳相信？妳算三小。」

聽王秀娟這樣說，不知道為什麼，趙筱瑜心中突然有種酸酸的感覺，非常不好的感覺。

沐浴車的大姊對趙筱瑜招手：「阿妹仔，來，換妳了。」

趙筱瑜不想跟王秀娟多說什麼，拿著換洗衣物走進沐浴車。沐浴車其實就一輛卡車，後面的貨櫃改裝成十間浴室，貨櫃外面加裝十個瓦斯爐，每到一個點，陣頭團都會跟消防局申請借用消防栓，最後用幾十個瓦斯鋼瓶源源不絕地供應熱水，但是如果遇到水壓不足的時候，也是常常沒水可用或者洗冷水澡。

十間淋浴間，一個出來一個進去。排在底下的都是跟著遶境好幾天的隨香客或者陣頭。畢竟如果一般人，只是為了來體驗媽祖遶境，絕少會願意在大馬路邊沐浴。自然而然的，排隊的人潮很容易就聊起天來，常常聊得忘我了，後面的洗完了，前面的還不願意進去洗。

「啊妳怎麼一個人在這裡？土豆不是說筱瑜跟妳在一起？」陳肇仁拿著衣褲也過來排隊。

只是聽到陳肇仁開口就是趙筱瑜，王秀娟想到趙筱瑜剛剛那一句「我相信阿仁跟你們不一樣」，給她一種難以言喻的不開心。

王秀娟冷冷地說：「在裡面啊，剛剛進去。」

陳肇仁：「這樣喔，土豆有拿很多東西回來吃，我先去後面排隊，妳等一下洗好趕快回去，跟土豆說留一點給我們喔。」

王秀娟：「我們？你跟她就我們，我跟土豆就你們。」

陳肇仁：「怎樣啦，又在不高興什麼？」

王秀娟：「沒有啦，沒有不高興什麼啦，反正你跟她是同一種人，有讀書、高尚啦，我跟土豆是另外一種人，沒讀書，卡臭賤啦。」

陳肇仁：「妳是在說什麼啦。」

王秀娟：「我問你，土豆是不是你的兄弟？」

陳肇仁：「廢話。」

王秀娟：「如果這樣，為什麼搶銀樓那天，你沒去？」

陳肇仁：「我不是說過了，黑面那個人我不喜歡啦。」

王秀娟：「因為你不喜歡，所以你就不管土豆的死活了對不對？」

陳肇仁：「妳在說什麼啦，我如果不管土豆的死活，賊頭來的時候，我就把他交出去了啦。」

說完這句話，兩個人陷入一陣沉默。陳肇仁用力喘著氣，表情十分嚴肅的看著來來往往的人。

這就是他們的日常，躲躲藏藏、偷偷摸摸。甚至好幾次走在夜晚的田埂邊，陳肇仁也想過，說不定這樣的夜深人靜，更適合蔡正國，跟地溝裡的蟲子一樣，見不得光。

適合蔡正國的，是不是也就意味著適合陳肇仁？再這麼下去，難道他也打算一輩子過著躲警察的日子？

十間沐浴間輪替的速度其實很快。沐浴車的大姊對王秀娟招招手：「阿妹仔，換妳了，來喔。」

王秀娟在走上沐浴車的時候，轉頭對陳肇仁說：「我覺得那個女人會破壞你跟土豆的感情。」

陳肇仁想幫趙筱瑜反駁，但是不知道為什麼，他一句話都說不出來。十幾年的兄弟，難道比不上一個認識三天的陌生人？

以前都說，見色忘友。陳肇仁不是一個見色忘友的人，以前不是，現在不是，以後也絕對不是。

矛盾

「阿仁，你來一下，我有話想跟你說。」當陳肇仁準備要走上沐浴車，趙筱瑜洗好了，兩人在貨櫃車的樓梯間相遇。

趙筱瑜一把拉起陳肇仁的手，然後將他往後面拉，完全不給他拒絕的機會。

陳肇仁趕快跟沐浴車大姊喊：「大姊，幫我顧一下，我排在那裡喔。」

淋浴車的轎班大姊笑著喊：「不要講太久，我這裡是沒有開放洗鴛鴦浴喔。」

排隊的婆婆媽媽們大笑著。

陳肇仁疑惑地被趙筱瑜拉到旁邊，突然被女孩子拉開，他靦腆地問：「怎麼突然把我拉出來？」

但是趙筱瑜表情嚴肅地說：「你們真的是為了跑路才來遶境的？」

沒想到趙筱瑜開頭就是這句話，陳肇仁愣了一下，但是想到祝壽大典時的那番話已經被聽到了，其實隱瞞的意義不再這麼大，更何況，陳肇仁不想隱瞞趙筱瑜。

看剛洗好的趙筱瑜脖子上還掛著水珠，陳肇仁馬上把自己外套脫下來給她披上：「跑路的是土豆啦，妳病剛好，外套穿著啦，才不會又著涼。」

趙筱瑜沒有拒絕，反而拉緊了外套：「那你呢？為什麼來？」

陳肇仁：「我有說過啊，就小時候啊，我媽說我生病病得快死了，如果媽祖婆能保佑我養得活，等長大了就自己來跟媽祖婆走這段路。」

趙筱瑜：「我覺得蔡正國不是一個好人。」

突如其來的一句話，直接應證了王秀娟的警告，也直接讓陳肇仁的心揪了起來。他最不想面對，也最害怕的，就是趙筱瑜正面質問他跟蔡正國的關係。

那是一種非常微妙的情緒。在趙筱瑜面前，陳肇仁不想讓她看到自己不好的一面，但是蔡正國的存在，就是不斷在讓陳肇仁明白，他們是什麼樣的人。

那海岸線的風刀，斬斷了高樓、劈開了繁華。

最亮眼的是西濱路上的檳榔攤。天高皇帝遠、荒涼的海邊，只有整排的麻黃樹監管；檳榔一顆五百、兩顆一千還有含睡。簡陋的檳榔攤，口耳相傳下生意越來越好。

都說住海邊的人管得寬，但是對這裡的人來說，六法全書管的才是比海更寬，他們不殺人放火、打家劫舍，自己有辦法賺到口袋裡的錢，為什麼要受莫名其妙的法律束縛？吸粉的只要不影響別人，為什麼不能想怎麼吸就怎麼吸？

那是在蔡正國從銀樓衝進他家的三合院之前的想法。

遇到趙筱瑜之後，不知道為什麼，陳肇仁不想讓她看到自己的那一面，偏偏那一面，是他的生長環境、原生家庭，沒有人能否定自己的過去與家庭。

陳肇仁終於也板起臉孔：「土豆的事情，跟妳沒關係啦。」

趙筱瑜：「但是我覺得你不是壞人。」

壞人？蔡正國是壞人嗎？

王秀娟是壞人嗎？

蔡成雄是壞人嗎？

陳錦郎是壞人嗎？

大海就在那裡，帶走你珍惜的一切毫不留情，只能說死活都是自己的。

拋妻棄子的回來成了英雄，籠子裡關了幾年出來的成了賣粉的大盤，組頭開的都是賓士、寶馬，誰是壞人？

好人、壞人，有那麼重要嗎？誰成功了，誰就是英雄。

陳肇仁：「那是妳沒看到啦，我從小跟土豆一起長大的耶。」

趙筱瑜：「如果你繼續跟蔡正國在一起，早晚你也會變成跟他一樣。」

陳肇仁：「我自己有想法啦。」

趙筱瑜：「王秀娟說，你們魚寮長大的，早上出海下午可能就不會回來，難道你以後想過這樣的生活？」

陳肇仁：「靠杯啊，妳什麼都不懂啦，我們這種生活？我們這種生活怎麼了，我們這種生活，還不是養大了好幾代人，我們這種生活不是妳這種大小姐可以懂的啦。」

陳肇仁說完之後，轉身就走進淋浴車。

趙筱瑜站在後面，提高音量喊著：「對，我不懂，我雞婆，我多管閒事，你想跟他們繼續跑路你就去，跑一輩子好了。」

陳肇仁拋下氣得緊握拳頭、眼眶含淚的趙筱瑜，大步走進淋浴間。蓮蓬頭噴出的熱水，蒸得整間浴室像三溫暖一樣。他看著胸口被打濕的關聖帝君護身符，一股說不出來的憋屈感在心中蔓延。

父親如此鮮明，在他心中那個意氣風發，拉著十個兄弟結拜，一晚上乾掉整箱蔡成雄不知道從哪裡搞來，說是金門酒廠的最新產品，被戲稱為「黑金龍」的陳年特級高粱，仰天大吼「到底我什麼時候才會像個人」然後醉倒在地上的父親形象，深深烙印在陳肇仁心裡。

他也有跟父親一樣的想法。

他想成為一個人。

頂天立地的男人。

成功的男人。

但是成功的定義到底是什麼？

台中港的陳董，暴力討債賺了幾十萬，然後拿這幾十萬開設簽賭站，用六合彩又贏了幾百萬，接著開設地下錢莊，放高利貸養小弟，用地下錢莊錢滾錢。最後隻手遮天，黑白兩道通吃，住別墅、開賓利、三妻四妾。

這就是成功嗎？在還沒踏上這段旅程之前，他認為是。

但是走過這幾百公里，在日日夜夜的餐風露宿下，想起了三更半夜，煙火追著星空，媽祖婆大轎在後面壓著、想起了西螺大橋的暴雨狂風、想起了大姊溫暖的薑湯。

這些，哪一項跟別墅、賓利、女人有關係？

「碰！」

陳肇仁狠狠地揍了貨櫃上的鐵皮一拳。沐浴車的大姊嚇一跳，趕快喊：「裡面是怎樣？」

陳肇仁從思緒中抽離出來，看著自己紅腫的拳頭，淡淡地回應：「沒有，跌倒啦。」

沐浴車的大姊趕快說：「唉唷，小心一點啦，我們這個貨櫃鐵皮的摔不壞，你咖撐肉做的要小心啦。」

◆

祝壽大典後的新港奉天宮外，人潮漸漸散去。有的隨香客提早出發回程，有的隨香客只走到這裡就搭車回去，點心攤也開始把剩下的物資拿出來發放，也有些人選擇再睡一覺，等大概黃昏左右再啟程。

喧囂鼎盛的奉天宮外，大概會一直熱鬧到今天晚上的子夜，等大甲媽祖起程後，起馬炮炸出轟然巨響，然後才漸漸平復。

新港國小的走廊邊，蔡正國抱著王秀娟，縮在牆角。

看到陳肇仁遠遠地走過來，蔡正國問：「啊你是跟你馬子吵架喔，她剛剛把東西都拿走了。」

王秀娟：「土豆，你不要問啦，她想走就讓她走好啦，反正本來就不是一起的。」

陳肇仁沒說話，他知道蔡正國很喜歡開這種玩笑，或許陳肇仁真的滿欣賞趙筱瑜，但是當然還不到男女朋友的地步，甚至嚴格說起來，在沐浴車外吵了一架的他們，大概連朋友都算不上了。

陳肇仁只是低頭整理著行李。

蔡正國一把拉住他的手：「你在做什麼？」

陳肇仁：「做什麼？東西收一收，準備回去啊。」

聽到這句話，王秀娟用手撐著額頭，一臉不耐煩的模樣：「欸，土豆，你兄弟啦。」

蔡正國：「你是瘋了嗎？我不是說不會走了？」

陳肇仁：「不走，不然你想去哪？」

蔡正國：「來去高雄，不然屏東，反正不回台中了。」

陳肇仁：「你奶奶怎麼辦？」

蔡正國：「幹，她兒子都不管她了，還指望我這個孫子？」

蔡成雄走了之後，蔡正國就成了沒人管的孩子，其實應該說，蔡成雄還在家的時候就不怎麼管孩子，更何況是他走掉了之後。

蔡正國的成長記憶裡，父親只是一個模糊的影像。伴隨在父親身旁的，有菸味、有麻將聲、有牌九、有一個又一個的紅粉知己，還有喝光的台灣啤酒被扔在地上的聲音。

記得媽媽跑掉的那一天，是隔壁村一家養生按摩店裡一個叫做小玫的女人，挺著大肚子來蔡成雄家裡，問他要怎麼負責的午後。然後那一天的蔡成雄，根本不在家，蔡正國傻傻地坐在客廳，看著奶奶跟母親鐵青著臉，三個大人之間瀰漫一股讓人無法言語的壓迫感。

醉醺醺的蔡成雄回家了，一進門家裡三個女人就炸了。大肚子的小玫揪著蔡成雄的衣領，問他衣領上的口紅印哪裡來的。蔡正國的母親冷眼看著這荒唐的一切，他的奶奶則是拚命將小玫抓住蔡成雄衣領的手拉開，叫她有什麼事情好好說。

好好說？怎麼好好說？小玫已經是找來家裡的第二個女人了。上一個是國道三號底下，檳榔攤老闆的紅粉知己小菁。為了小菁的肚子，檳榔攤老闆砸了蔡成雄家的鐵捲門，要不是蔡正國的奶奶找來檳榔攤老闆的元配老婆，揪著檳榔攤老闆的耳朵離開，這一場鬧劇還不知道要持續到什麼時候。

這就是蔡正國耳濡目染的成長環境，生猛有力地在日常上演。

直到蔡正國的母親終於受不了，離開了蔡成雄，直到蔡成雄捲走了陳錦郎的錢。直到蔡正國長大，他再也沒見過父親、也再沒見過母親，奶奶成了他唯一的記憶。

但是奶奶老了，管不動他。

蔡正國的日常是怎麼樣才能發大財，怎麼樣才能混出一片天；奶奶的日常是菜園裡種的高麗菜，昨天又被隔壁那個沒水準的老李偷拔了。

隔代教養，代溝橫在兩人面前。

但是奶奶根本不知道什麼叫做代溝，連ㄅㄆㄇ都沒學過的奶奶，能把蔡正國養到這麼大，夠了。她大概唯一剩下的心願是能夠在入土前，知道蔡成雄是死是活就心安了，哪怕有可能被關在籠子裡，或許都比在外面安全。

蔡正國：「阿仁，跟我走，只要我們在一起，不管哪裡都可以打出一片天。」

陳肇仁：「阿娟，妳說我們是不是都過著早上出門，晚上不知道能不能回家的日子？」

王秀娟：「我什麼都不知道，不要問我。」

蔡正國：「阿仁，你在發什麼瘋，我們一起長大的耶，你現在為了一個女人這樣針對阿娟？」

陳肇仁：「你真的要去高雄？」

蔡正國：「反正我不回去。」

陳肇仁：「好，鴨頭給我。」

蔡正國有點訝異地問：「做什麼啦？」

陳肇仁：「拿來啦。」

蔡正國東張西望了一下，然後小心翼翼地把插在腰間的那把仿製九〇，偷偷摸摸地塞給陳肇仁。陳肇仁接過槍，嘆了一口氣。接著抓起蔡正國的鞋子，直接轉身朝校外走去。

蔡正國趕快爬起來，赤著腳在後面追著：「欸，做什麼啦，你做什麼啦。」

當鞋

人來人往的新港奉天宮外，人們臉上掛著笑容。中醫團的大哥大姐們忙進忙出地為隨香客們包紮。儘管痛得臉色蒼白，腳底水泡大顆接著小顆。那個在吳厝幫了趙筱瑜的大姐拍打著隨香客的肩膀，要他們忍住，然後用力將藥膏貼上。

隨香客們在一聲又一聲的加油聲中前進，來程三天，回程四天，回程的路比較輕鬆，而且熬過了前三天之後，後面的確是比較悠閒的。但是這一份悠閒，是自我的適應，並不是體力上的輕鬆。半夜還是會被大轎追得沒得睡，白天還是要忍受毒辣的太陽以及突如其來的暴雨狂風。

陳肇仁仰頭，看著灰濛濛的天。腳底下，滿地殷紅的鞭炮紙，以及散落一地的金紙，就像一條不屬於陽世間的路。

穿過擁擠的人潮，推開一家叫做「新港當鋪」的大門。當鋪裡的服務生坐在椅子上，透過櫃台的玻璃看著目露凶光的陳肇仁。

陳肇仁站在櫃台前面。

服務生問著：「先生，請問有什麼事情嗎？」

陳肇仁把蔡正國的鞋子往櫃檯上一放。

「碰！」

那一雙臭鞋的鞋底，與櫃檯冰冷的大理石板撞擊，發出了沉悶的聲響，就像起馬砲，點燃了隨香客一往無前的道路。

「這雙鞋，能當多少？」

服務生看著這雙臭哄哄的破鞋，一種說不出來的荒謬感在他心中蔓延。

最後，服務生幾乎笑了出來：「先生，這個……」

話都還沒說完，陳肇仁就把那顆鴨頭往櫃檯上一放，鴨嘴斜斜的對準服務生後面的時鐘。

陳肇仁用低沉的嗓音對服務生說：「多少？」

服務生的笑容消失了，一股說不出來的惡寒從他的背脊竄上，冷汗直流；陳肇仁盯著服務生的眼神，就像一隻豹盯上了羔羊。

放眼台中港整個新生代，某位陳董手下的大將曾經說過，阿仁不是江湖人，但是他如果要吃江湖飯，一定會是個人物。陳肇仁吃不吃江湖飯的關鍵，就在於端飯給他的那個人到底是誰。

那個人，是蔡正國。

當鋪這種游走在黑白兩道之間的場所，風浪雖然見多了，但是服務生沒見過這種殺氣騰騰的眼神，他相信自己只要沒有應對好，這把鴨頭馬上就會變成死神的索命鐮刀。

陳肇仁沒在跟他開玩笑。

就在這時候，一個沉穩厚重的嗓音從服務生後面傳來。
「唉唷，兄弟，不要這樣，有話好說啦。」
一個肥頭大耳的中年男人從當舖裡面走了出來。
服務生趕快對中年人喊了一句：「頭家。」
老闆打開服務台旁邊的門，走出去熱絡地對陳肇仁說：「兄弟，有話好好說，鐵仔先收起來。」
「鐵仔？」陳肇仁反問。
老闆拍拍陳肇仁的肩膀：「喔，歹勢，海線的弟兄嗎？我們這邊都說鐵仔，你們說什麼？鴨頭？還是枒仔？」
陳肇仁沒有回答，打量著老闆；老闆給了服務生一個眼神，服務生趕快端茶上來請陳肇仁坐下。
有了之前在楊日昌那邊的經驗後，陳肇仁沒有鬆懈，仍然緊緊盯著老闆與服務生。

老闆親切地說：「不要這麼緊繃啦，南北二路的兄弟，來我這裡做生意的都是朋友，怎麼稱呼？」

陳肇仁沒有跟老闆握手，仍是緊緊壓住按在桌上的鴨頭。

老闆笑著自我介紹：「道上兄弟都叫我黑龍，親切一點的叫肥龍也可以，你呢？」

陳肇仁冷冷地回應：「我叫阿仁。」

黑龍趕快把茶水推到陳肇仁面前：「仁哥，聽你的口音，海口腔，鹿港還是梧棲那邊的人吧？」

陳肇仁不想被知道太多訊息，只是模稜兩可地點點頭：「差不多，但是我不是交朋友的，我是來當鞋的。」

話說完，陳肇仁又把蔡正國那雙鞋子往前推。

黑龍按住鞋子：「不要這樣，大家都是江湖人，路上遇到一點困難，互相幫忙是應該的，要多少？」

這雙破鞋，陳肇仁實在開不出價碼。

黑龍看陳肇仁面有難色，轉身就對服務生說：「拿二十萬來。」

兩疊厚厚的鈔票，擺在陳肇仁面前。

黑龍把鞋子推回去：「兄弟，鞋子拿回去穿，這二十萬當我資助兄弟的，以後等兄弟寬裕了，記得拿回來還我就好。」

陳肇仁愣住，訝異地看著黑龍。

但還是堅持把鞋子推給黑龍：「我是來當鞋子的。」

黑龍看著陳肇仁的腳：「你是跟媽祖來的吼？」

陳肇仁點點頭。

黑龍笑著說：「我們新港人感念大甲媽這兩年來我們這裡，不然我們奉天宮總是被北港朝天宮壓住，現在你們來了，連北港人都要鼻子摸著來我們新港做生意，所以不管你是什麼原因走這段路，既然來了就是客人，給人方便，就是給自己方便。」

陳肇仁咬著牙，忍著滿腔情緒，堅持得把鞋子推給黑龍。黑龍拗不過陳肇仁，讓服務生把鞋子收下。

當鋪的騎樓底下。當陳肇仁走出來之後，蔡正國跟王秀娟趕快靠過去，搶銀樓才被通緝，蔡正國實在沒有那個膽再搶當鋪，所以他只能站在外面，傻傻地目送兄弟拿著槍進去，再拿著槍出來。

蔡正國：「你瘋了嗎？」

陳肇仁把槍跟二十萬現金直接塞到蔡正國懷中，蔡正國看到這筆錢都傻了。王秀娟用一種羨慕的眼神看著蔡正國與陳肇仁。

但是下一刻，陳肇仁卻沮喪地說：「沒什麼送你，這條錢給你當路費，自己保重。」

蔡正國：「幹，兄弟就是兄弟。」

王秀娟：「哇，二十萬耶，不愧是阿仁，膽識就是好，我們沒看錯人，我就說土豆仁就是土豆仁，土豆的事情就是阿仁的事情，這才叫做兄弟。」

但是這一次，陳肇仁把蔡正國推開，蔡正國跟王秀娟都愣了一下。

陳肇仁：「錢拿了快走吧，以後土豆就是土豆，阿仁是阿仁了。」

王秀娟不高興地問：「你說這話什麼意思，是不是不把我們當兄弟？」

但是這一次，蔡正國拉住了王秀娟。似乎，他明白了陳肇仁的意思。

這二十萬，這新港奉天宮。

這灰濛濛的天，這人來人往的日子。

這是他們兩兄弟的終點了。

就跟那一天，陳肇仁轉往茄苳王爺廟，蔡正國直接去南瑤宮一樣的面臨分離，只是那時候他們分離是短暫的，仍然都走在這條路上。

但是現在不同。

現在陳肇仁決意回去，蔡正國堅持離開。他們兩個人的路將會成為兩條再沒有交集的平行線，下次見面不知何月何年。

而這份覺悟，王秀娟不懂。

蔡正國：「你真的不跟我走？」

陳肇仁拿了一包長壽牌香菸，叼起，蔡正國馬上幫他點上。

認識這麼多年，陳肇仁與蔡正國之間，菸常抽來抽去，但是從沒有誰為了誰點過菸，這是第一次，也是最後一次。

陳肇仁：「我會來，不只是因為小時候媽祖婆救過我，是因為我看到我媽的診斷書。」

蔡正國：「什麼診斷書？阿嬸怎麼了？」

陳肇仁：「癌症報告的診斷書，我媽膀胱癌第一期。」

那是某一個夜深人靜的晚上，陳肇仁匍匐在媽祖婆的神像前。

陳肇仁：「媽祖婆在上，弟子阿仁，我媽媽就檢驗出膀胱癌，啊醫生是說，如果手術過後好好保養，雖然復發機率很高，可是還是有機會痊癒，弟子誠心乞求媽祖婆，如果這一次我媽媽這個病能夠大事化小，小事化無，弟子願意跟隨媽祖往嘉義遶境，八天七夜，全程徒步。」

陳肇仁鬆開手中的筊杯。

「叩嘍！」

清脆的筊杯落地，兩塊朱紅色的木頭，彷彿比那把令人畏懼的鴨頭，更強而有力。

拉動的槍機，能讓人聽到生命結束前的轟然巨響；落下的紅木，能讓人感覺到生命延續的機會。結束別人的生命很容易，延續別人的生命很困難，尤其是至親之人。

蔡正國拍拍陳肇仁的肩膀，嘆了一口氣，轉身離去。

王秀娟則是瞪了他一眼，罵了一句：「白癡。」

阿婆

看著蔡正國離去的背影，陳肇仁轉身，一跛一跛走進奉天宮。緩慢地拿著隨香旗，蓋印、拿平安符綁在上面，最後讓隨香旗過火。

他知道接下來的路，必須自己走。來的時候，雖然蔡正國跟王秀娟沒幫上什麼忙，但那就是一種心靈上的寄託。

你知道下一間宮廟有人等你，你知道自己還有人陪，儘管那個人的理念跟你可能不是這麼合拍。但是有人陪，好過沒人陪，這條漫漫長路、午夜夢迴，沒人是喜歡寂寞的吧。

一拐一拐的陳肇仁轉下階梯，就在這時候突然一個人拉住了他，陳肇仁轉過頭，發現一個阿婆拽住了他的衣服。
阿婆問著：「少年仔，你要去哪？」
陳肇仁愣住了。因為這個阿婆，就是四天前在鎮瀾宮出發時，廟埕前那個被他甩掉的阿婆。
他萬萬沒想到，阿婆也到了新港，然後在這裡又一次碰見，而且阿婆似乎沒有認出陳肇仁。
陳肇仁用顫抖的聲音回覆著：「阿婆，我要回大甲。」
阿婆樂觀地說：「這樣好，我跟你一起回去大甲。」
陳肇仁咬著牙，忍住盈滿眼眶的淚水；衷心地對阿婆懺悔著。
陳肇仁：「阿婆，不好意思，在大甲的時候，我沒有帶妳。」
但是阿婆似乎早就不記得這件事情了。
反而拍拍陳肇仁的手：「唉唷，憨囝仔，大轎邊那麼多人，牽手都會走不見了，阿婆走得慢一定跟你不上，啊你的腳是怎麼樣了，我看你剛剛一跛一跛的？」

陳肇仁：「沒要緊啦。」

阿婆突然拉著陳肇仁往奉天宮裡走：「什麼沒要緊，來，阿婆拿一個爐丹給你。」

阿婆拉著陳肇仁拿了一個爐丹，然後跟媽祖婆拜了拜。

陳肇仁不知道阿婆跟媽祖說了什麼，反正阿婆講完之後就將爐丹塞進陳肇仁手裡。

「這爐丹，你拿去貼在腳底，等一下就不痛了，啊我先去廁所，你在這裡等我，幫我顧旗子，我們等一下就出發。」

阿婆走掉了。陳肇仁看著阿婆的背影，看著自己疼痛的雙腳，不知道為什麼，當阿婆拉著他的時候，他突然有一種很深很深的感慨。他當然沒有把握能走回去，但是他還是想帶著阿婆一起走。

當時出發的時候，雖然是蔡正國跟王秀娟甩掉阿婆的，但他也算是幫兇，而且這一路下來，他捫心自問過不下十次，蔡正國如果沒有甩掉阿婆，他真的願意帶著阿婆上路嗎？蔡正國如果沒有甩掉阿婆，自己走得到嘉義嗎？

這四天下來，他沒有答案。

只有第四天，祝壽大典的時候，跟人群一起跪在地上，他想起了阿婆，茫茫人海中的一個陌生人。如果時光能夠倒流，再來一次，他有勇氣帶著阿婆走一程嗎？

始終沒有答案。

直到此刻，阿婆拉著他的衣服，又說了一次要跟他一起回大甲。他想起了抱著二十萬離開的王秀娟、想起了那緊握著鴨頭的蔡正國，那顆鴨頭，從頭到尾沒有響過一聲。

但是蔡正國以為握著那顆鴨頭就可以走遍天下，結果現在卻必須因為那顆鴨頭抱頭鼠竄。那顆鴨頭，到底是幫了他，還是害了他？

陳肇仁沒有答案，直到他把那顆鴨頭塞回蔡正國懷中的時候，他告訴自己，他想回去，他不想跟以前一樣。

所以那一瞬間，他鼓起勇氣，接下了阿婆的背包跟隨香旗，他不知道能夠帶阿婆走多遠，但是他想帶阿婆走一程，一種說不出來的「憨膽」。

陳肇仁找了個地方坐下，除去鞋襪，腳底已經嚴重起水泡並且脫皮。他把爐丹對準水泡，然後深吸一口氣。

就在這時候，一個讓他遺憾的聲音在旁邊響起：「你不會真的打算把那個貼在腳底吧？」

陳肇仁轉頭一看，是趙筱瑜。綁著馬尾，圓圓的大眼睛，笑意藏在眼中，如精靈般的女孩，正在旁邊用一種「真是夠了」的眼神看著他。

趙筱瑜還是趙筱瑜。

她走過來，豪不客氣地拿走陳肇仁手上的爐丹。

「我沒有要不尊重信仰的意思，但是我覺得你的腳應該用更科學的處理方式。」

趙筱瑜從背包裡拿出藥水、紗布。陳肇仁不知道這些醫療藥材是哪裡來的，但這些藥材是哪裡來的似乎也不再重要了，他只是低頭看著趙筱瑜幫他清理傷口，還是那樣的主動、直接。只要是為陳肇仁好的，她會主動做，不一定經過陳肇仁的同意。

陳肇仁這人就是這樣，要他去求些什麼或者要些什麼，他大部分都會拒絕，但是趙筱瑜給他的善意，他卻一概接受無法拒絕。

陳肇仁：「多謝啦。」

趙筱瑜：「你真的要說多謝的人不是我。」

陳肇仁：「什麼意思？」

趙筱瑜淡淡地說：「笨蛋就是笨蛋，說了你也不懂。」

看著趙筱瑜動作俐落地把他的腳包紮好，阿婆也剛好走出來。阿婆完全沒有因為趙筱瑜的出現而有所遲疑，好像一切都是那麼自然地走過來，然後拿起背包。

「好了，我們走。」

陳肇仁愣愣地看著趙筱瑜。趙筱瑜把背包放在陳肇仁的手推車上，那個前三天她專屬的位置上。

「走啊，回去啦。」

趙筱瑜彎腰拉筋，回頭看著還呆坐在長凳上的陳肇仁。夕陽西下，灑在趙筱瑜的身上，陳肇仁突然覺得，這個女孩好像很可愛。

玉米攤

子夜，十一點還沒到。新港奉天宮外人潮洶湧、萬頭鑽動，各家陣頭拜廟。涼傘高舉，新港奉天宮敲鐘擂鼓；廟埕外，踏著七星步的頭旗，賣力掃開人群。

大甲媽祖起駕，回鑾。

新港人的熱情跟彰化人不一樣，彰化人的熱情是瘋狂，有如一鍋沸騰的熱水，萬馬奔騰的讓人畏懼。新港人的熱情，像是冬天的太陽，溫暖卻不失風雅。

扶老攜幼的信眾，數以十萬計的人群，聚集在奉天宮外的大街小巷，當大甲媽祖的大轎被高舉，人潮隨著大轎移動，轎班指揮控制著秩序。各家電視台、新聞台架起了高台，全程轉播著媽祖婆回鑾的盛況。

「磅！」

一響，起馬炮，炸開；人們紛紛摀著耳朵躲開。

星空下，樓房上，今夜的喧囂，沒有極限。

「磅！」

二響，起馬炮，炸開。

在母親懷中的嬰兒被嚇得放聲大哭，哭聲淹沒在人海中。滿天的紅紙飄落，宛如冬夜的雪。

「磅！」

三響，起馬炮、炸開。

禮成。

又是一年，大甲媽祖遶境回鑾。

以往，媽祖遶境往北港，那時候大轎一進北港朝天宮，朝天宮會馬上緊閉大門，然後轎班們圍在大轎周圍，隨著轎身上下不斷震動，轎班們會鼓譟吶喊，然後為了不讓大轎回頭，轎班會把轎子拆掉，等到隔天的典禮結束，晚上回程的刈火儀式之前，才重新組裝大轎，那個時候，媽祖大轎一進廟門，民眾甚至連看都不能看。

有的記者為了偷拍這個畫面，不顧危險爬上高牆，就是為了一窺大甲媽祖割火的過程，如果被轎班發現偷拍、偷看，抓下來喝斥一頓是免不了的。

但是隨著科技日新月異，宗教信仰也被人們逼著必須與時俱進，因此漸漸地神祕感沒有了。

原本往北港的進香，也改成往新港的遶境，媽祖婆彷彿不再只保佑特定一群人，而是澤披眾生，讓信眾們雨露均霑。

從新港出來，原路穿過迎賓橋，走進元長鄉，是回程第一個休息站。也因為信眾們休息了兩天，身體的勞累得到比較長時間的恢復。進嘉義的時候，走迎賓橋這一大段路是最後一段路，而且時值中午，太陽正烈，常常烤得信眾們叫苦連天。

離開嘉義的時候，大概是黃昏進入傍晚的時段，天氣涼爽，太陽下山，走起來格外輕鬆愜意。

陳肇仁想幫阿婆拿背包，但是阿婆很堅持要自己背。

趙筱瑜走在前面，回頭不斷幫他們打氣：「快到休息的地方了，再堅持一下。」

阿婆沒說什麼，只是很有毅力地一步一步往前邁進。那表情看起來就像每一個住在海口邊的老婦人，為了遠離後面不斷追來的浪潮，而邁步前行。

遠處突然來了一群小朋友，這群小朋友嬉鬧地將趙筱瑜圍住，而趙筱瑜也像是跟這群小朋友早已熟識了一樣。陳肇仁跟阿婆走過來，就看到趙筱瑜把背包從手推車上卸下，然後拿出一疊厚厚的照片。

「來，這是你的。」趙筱瑜親切地把照片發給這些小朋友。

陳肇仁訝異地看著她手裡的照片。這些照片都是小朋友的，每一張照片裡的孩子都展露笑顏，小朋友們拿到照片後漸漸散去。

陳肇仁疑惑地問：「妳這是在做什麼？」

趙筱瑜：「這是他們的照片啊，我去年拍的，今年洗出來給他們。」

陳肇仁：「妳去年也有來喔？」

趙筱瑜：「有啊。」

陳肇仁：「每一年都有拍照？」

就在這時候，剛剛離開的小朋友又折返回來，稚嫩的小手拿了兩根玉米塞進趙筱瑜的手裡。趙筱瑜摸摸小朋友的頭，接著把一根玉米遞給阿婆。

阿婆沒有接，只是指了指前方的玉米攤：「你們吃，我來去前面拿。」

阿婆往前走進玉米攤，趙筱瑜就把玉米遞給陳肇仁。

「要嗎？」

陳肇仁接過了玉米。

前方，華燈初上，夕陽西下，元長鄉到處都是農田。半夜工廠也不開工，剩下三三兩兩的人家點起燈火。

不遠處有一個遮雨棚，棚子裡，一個大鍋。鍋蓋掀開，玉米的熱氣蒸騰，宛如十九世紀準備離站的小火車。

兩人走進棚子裡的時候，掌廚玉米大鍋的大媽，熱情地對趙筱瑜揮手：「筱瑜啊，要回去了喔，來，吃玉米，唉唷，今年帶男朋友一起走，媽祖婆有保佑喔。」

趙筱瑜的臉瞬間紅透了，陳肇仁也尷尬得不知道該如何接話。

趙筱瑜趕緊澄清：「不是啦，阿嬸，只是朋友啦。」

大媽笑著：「啊男生的朋友，不就是男朋友，我沒有說錯啊。」

「妳認識他們？」陳肇仁吃掉第二根玉米，並且喝光了玉米湯，坐在遮雨棚裡問。

「其實是我爸啦。」趙筱瑜說。

「妳爸？」陳肇仁問。

「我爸走好幾年，拍他們家從小拍到大，前陣子他家娶媳婦，我爸還有來呢。」趙筱瑜把玉米扔進垃圾袋裡，看到垃圾袋滿了，站起來用力把垃圾踩下去。

陳肇仁：「那妳爸呢？」

趙筱瑜：「在醫院照顧我媽，但是又怕這些小朋友會等，所以叫我今年一定要來。」

陳肇仁：「都在醫院照顧妳媽媽了還記著要拿照片來？」

趙筱瑜：「這條路就是這樣啊，一代傳過一代，他們這樣準備一整年，等的就是每年這些人會來，沒來怕讓人家等啦。」

陳肇仁看著趙筱瑜，眼眶泛起淚水。

一樣是生命。在陳肇仁的成長環境與背景，人命要與天爭、與海鬥。所以死亡是一種日常。

但是在趙筱瑜的眼裡，生命的重量似乎多了許多。就為了怕有一群陌生人會等，不想讓這群人失望，所以儘管在這累得要死的旅程裡，她仍然將這一疊厚重的照片帶到這麼遠的地方。

陳肇仁：「那妳媽媽，還好嗎？」

趙筱瑜：「不知道，希望會好。」

不知道為什麼，陳肇仁想起了趙筱瑜之前跟他說的那三個陰筊。

老一輩的都說大甲媽祖的筊很難擲。這個難擲，指的是擲筊的人與媽祖有沒有緣分，如果沒有緣分，常常怎麼擲都擲不到，或者感覺媽祖婆的指示不明顯。

只是三個陰筊跟三個聖筊一樣難擲。媽祖婆給了三個陰筊，表示不同意趙筱瑜來，但是趙筱瑜卻走到了這裡。一種說不出來的擔心，突然也壓在陳肇仁身上。

他才赫然驚覺，什麼時候開始，他會擔心別人、他會多看別人兩眼，而不是那個剛出魚寮的冷漠個性了。

趙筱瑜：「要喝玉米湯嗎？」

陳肇仁：「好啊。」

趙筱瑜：「我去幫你拿。」

看著趙筱瑜輕盈的背影，陳肇仁突然發現，如果可以，他也很想幫趙筱瑜走完這段路，不管前面還會遇到什麼，他都想幫助這個女孩。

「妹妹，給我來兩根玉米。」突然，路旁一個隨香客大叔大聲吆喝著。趙筱瑜就像也是玉米攤的人一樣，抓起兩根玉米就趕快遞給大叔。

這條路很有趣。每一個人都很投入，而且不求回報；在沒有上路之前，陳肇仁根本沒想過原來有人這麼活著。

防波堤上，遠方捲起的驚滔駭浪打來。泥菩薩過江，自身難保，誰還能保得了別人。

但是這裡的每一個人，都像地藏王菩薩，地藏王說，「地獄不空，誓不成佛。」然而地獄之大，芸芸眾生，如何能渡得完、渡得盡。

陳肇仁擦掉眼角泛起的淚花，如果被蔡正國看到，大概要笑他是個娘砲，居然被一個女人感動得掉眼淚，根本就是軟蛋。

這時候，突然一個大叔坐在陳肇仁跟趙筱瑜的身後，他翹起二郎腿，將背後一把介於吉他與烏克麗麗之間的怪異樂器甩到前面。

「不要說什麼分離、我不會因為這樣而哭泣、那只是昨夜的一場夢而已，不要說願不願意，我不會因為這樣而在意，那只是昨夜的一場遊戲……」是王傑當紅的《一場遊戲一場夢》。

大叔一唱歌，整個玉米棚裡都興奮起來了，人潮也變得更加熱絡，眾人目光投過來。

趙筱瑜跟陳肇仁肩靠著肩，聽著大叔的歌聲，音樂彷彿有種療癒人心的功能，不管腳多痛，不管後面媽祖婆走到哪裡了，這時候就是要停下來，喝杯玉米湯，聽完大叔的歌聲再上路。

夜晚的涼風徐來，陳肇仁偷偷瞄了趙筱瑜。突然覺得這條路好像也沒這麼遠。

大叔唱完後，大家給予熱烈掌聲。大叔說，路上有緣碰到再唱給大家聽，說完後他就重新上路了。

趙筱瑜看陳肇仁湯喝得差不多了，轉頭對阿婆說：「阿婆，休息好了嗎？好了就走吧。」

只是沒想到阿婆對他們兩個揮揮手，笑著說：「你們先走啦，我在這裡等車就好。」

聽到阿婆這樣說，陳肇仁愣了一下。剛好這時候玉米棚的女主人端了一杯熱湯給阿婆，然後對他們兩個點點頭。

趙筱瑜轉身跟陳肇仁說：「走啦。」

陳肇仁：「把阿婆放在這裡沒關係嗎？」

趙筱瑜：「沒關係啦，大姊他們會照顧。」

陳肇仁還想說點什麼，但是玉米棚的女主人已經跟阿婆說：「阿婆，要不要去屋子裡面坐？風比較小。」

阿婆搖搖頭，看著遠方：「我要等車。」

女主人笑著說：「妳去裡面坐，等車子來了我們會喊妳啦。」

阿婆聽完後想了一下，站起來就往玉米棚後面的屋子走。

陳肇仁看著阿婆的背影，一下子不知道該說什麼，玉米棚的女主人則是跟陳肇仁說：「阿婆肯跟你一起走到這裡，是你的福氣啦，我們等一下會幫阿婆攔車，你們快走吧。」

遠遠地看著玉米棚越來越小，陳肇仁突然有種重獲新生的感覺。他沒有辜負自己給自己的使命，終於讓阿婆有了一個可以歇腳的地方。

雖然沒有真的帶阿婆回鎮瀾宮，但是那一份壓在心中持續了好幾天的愧疚感，終於隨著自己慢慢遠離玉米棚而逐漸隨風飄散。頻頻回頭的他，鬆了一口氣。

趙筱瑜不知道他到底在感慨什麼，反而還一直勸他看開一點，大姊一定會照顧好阿婆的。

陳肇仁沒有回話。只是慢慢往前走，夜幕逐漸低垂，和趙筱瑜並肩走在這條橫跨了台灣百年的遶境路上。

凌晨三點，因為長期睡眠不足，加上完成一件事情的那種如釋重負感排山倒海而來，陳肇仁迷迷糊糊的越走越偏。

「欸，小心。」趙筱瑜提醒著。

「叭！」

後面突如其來的喇叭聲響起，陳肇仁嚇了一跳趕快往路旁靠。

「你睡著啦？」趙筱瑜問著。

陳肇仁不好意思地抓抓頭，大甲媽祖遶境，總共要走三百多公里，如果拉成直的，幾乎要從台北走到高雄，而且還要隨時注意後面大轎的進度。

沒日沒夜的趕路，結果就只能拚命壓縮睡眠時間。有的老前輩很厲害，能夠坐著就睡著，簡單打盹個十五分鐘爬起來，馬上又是一尾活龍。

但是陳肇仁不行，陳肇仁是一個很重睡眠的人，所以這段時間的睡眠不足，對他來說簡直是意志力的另一項挑戰。

凌晨三點半，晚風徐徐伴著夜來香的味道。陳肇仁的手推車又漸漸朝路中心靠近，他的眼皮逐漸闔上。

遠遠地，後面又來一輛車。趙筱瑜眼睜睜看著車子逼近，實在沒辦法，一把拉住陳肇仁的手。

「你進來一點啦。」

陳肇仁醒了過來，趕快往裡面靠。趙筱瑜想要鬆手，卻被陳肇仁緊緊握住，趙筱瑜愣愣地看著陳肇仁。

陳肇仁說：「這樣牽著比較好，我才不會一直跑出去啦。」

趙筱瑜低著頭，臉上溫度燙燙的，沒說什麼、沒拒絕，任由他拉著。

菸灰缸

彰化的天后宮外萬頭鑽動，永樂街外人來人往。大甲媽祖每每南巡遶境，很多地方都會經過兩次，一次去、一次回。而款待媽祖與轎班、隨香客是很大的工程，不僅僅需要出錢出力，有些宮廟一年的香油錢也沒有多少，兩次的點心攤，其實是滿大的壓力。所以去程吃米糕，回程吃芭樂，是很稀鬆平常的事情，其實不管是米糕還是芭樂，能填飽肚子最重要。

但是彰化，不管去程還是回程，一樣的熱情。去程大轎停南瑤宮，回程大轎停天后宮，兩次的夜晚，把純樸的彰化市給喧鬧成了人聲鼎沸的不夜城。

八卦山牌樓底下的縣議會，全天候開放給隨香客進去休息。議會走廊、中庭，擠滿休息睡覺的隨香客，轎班的卡車也停在議會外的停車場，沐浴車生意更加興隆，這一趟下來，燒壞五台以上的瓦斯爐那都算是稀鬆平常。

加上走到彰化，已經非常靠近台中，幾天前往嘉義邊境的時候，一天的步行距離就可以走回大甲。所以連續步行的隨香客們，走到這裡心中總是會泛起一股說不出來的興奮與喜悅。

彷彿，家，已經近了。

趙筱瑜拿著隨香旗，綁上平安符，蓋上大印，在香爐上過了火。興奮地走到陳肇仁身旁：「又回來彰化了。」

但是陳肇仁卻一臉鐵青地看著大廟外面，在廟的外面有兩個年輕人。渾身刺青，叼著香菸、咬著檳榔，遠遠就盯著陳肇仁和趙筱瑜。

趙筱瑜不明白怎麼回事。那兩個年輕人已經靠過來，用力地拍拍陳肇仁的肩膀。

「唉唷，仁哥，不簡單，還敢回來啊？」

趙筱瑜似乎從空氣中讀到那不友善的氛圍：「你們幹什麼？」

年輕人輕浮地用手挑了趙筱瑜的下巴，趙筱瑜馬上把年輕人的手拍掉。

年輕人互看一眼，興奮地說：「唉唷，小辣椒喔。」

陳肇仁：「幹，要怎樣衝我來啦，跟她沒關係。」

年輕人冷笑著：「不用這麼兇啦，仁哥，昌叔也等你很久了，這裡這麼多人，不要讓兄弟為難吧。」

陳肇仁深吸一口氣，轉頭對趙筱瑜說：「妳在這裡等我。」

沒想到趙筱瑜卻伸手，握住了陳肇仁：「要去就一起去。」

年輕人冷笑著：「靠杯，烏魚情深喔？」

另外一個年輕人笑著：「烏魚情深是啥小啦？」

「啊不是都說有邊讀邊？不然怎麼唸？」

「兼魚情深？」

「煎魚？靠杯啊，我還炸雞情深哩。」

◆

茶湯的煙霧，如同神案上的檀香，裊裊。楊日昌泡茶，把茶湯倒進杯子，辦公室裡站滿了人。

有一個額頭用紗布包起來，臉上還有瘀青的男孩子，站在楊日昌身後。陳肇仁從來沒想過，他還會回來這裡，而且陪在自己身旁的人還不是蔡正國。

當趙筱瑜看到這裡每個人褲頭上橫著鴨頭、尺二、武士刀，她就算沒見過江湖，也知道這群人可不是學校裡的混混在過家家，稱兄道弟地拍拍對方肩膀就算了。

楊日昌把兩杯茶推到他們面前。

後面的小弟突然踢了陳肇仁的椅子，扯開嗓音吼著：「幹，是不會喝，還要大哥請喔？」

陳肇仁嚇了一跳，趕快把茶杯端起來。

楊日昌：「很會跑嘛，以前田徑隊的啊？」

站在後面的年輕人用力拍了陳肇仁的頭，陳肇仁被打得手中滾燙的茶湯都灑了出來。

年輕人又吼著：「是沒聽到大哥問你話喔。」

陳肇仁沒說話，倒是趙筱瑜提高音量問：「你們到底要做什麼啦。」

楊日昌：「阿仁，不錯啊，走到嘉義，交一個女朋友回來。」

趙筱瑜：「這裡沒警察了嗎？你們這樣我報警喔。」

「報警？」一個年輕人笑著：「幹，聽到沒有，這個水姑娘說要報警啦。」

楊日昌點點頭。一個年輕人突然拿著電話，直接扔到趙筱瑜面前。

「匡噹。」

電話在桌上彈了一下，話筒掉在一旁。

楊日昌：「報啊。」

趙筱瑜不敢去接那個電話，後面的年輕人突然大聲吼了一句：「報警啊！」

趙筱瑜被嚇了一跳。

楊日昌淡淡地說：「不是要報警？」

趙筱瑜瞪著楊日昌，伸手就要去拿話筒，陳肇仁馬上一把抓住她的手，用眼神示意她，不要輕舉妄動。

「阿狗，幫她打給陳桑。」楊日昌喝了一口茶，淡淡地說著。

旁邊的年輕人抓起電話就打，電話接通了。

年輕人畢恭畢敬地把話筒拿給楊日昌：「大哥。」

楊日昌接起電話：「嘿，陳SIR。」

趙筱瑜看傻了，陳肇仁鐵青的臉。

楊日昌則是嘻嘻哈哈地說：「陳SIR，我找到那天害金董仔他們那群年輕人衝出來搶轎的人了，不過你們要的那個土豆沒跟他在一起。」

電話不知道說了什麼，楊日昌就笑著按了擴音，然後把話筒掛回去。

電話裡傳來一個男人的聲音：「昌啊，我們要的是土豆，陳肇仁雖然也算是關係人，但是現在對我們來說不是很重要了，我們大概掌握蔡正國的行蹤了啦，陳肇仁你來處理就好，稍微教訓一下就好，不要鬧太大。」

聽到這裡，趙筱瑜趕快大聲地說：「陳警官，我們被綁架來這裡，快來救我們。」

此話一說，辦公室陷入一陣沉默。

然後話筒裡的聲音說：「唉唷，這是誰啊，不要亂說話，昌叔是優良市民，是警察之友，而且還用辦公室的號碼打來分局，怎麼會綁架，小女孩不要亂說話喔。」

趙筱瑜愣住，頓時沉默。這就是江湖，有關係就是沒關係、沒關係就是有關係；黑白兩道，沆瀣一氣的江湖，我們的庄頭我們做主、我們的角頭我們說話；上上下下、裡裡外外都打點好了。

警察一個月的薪水才多少，哪裡抵得過每天睜開眼睛的柴米油鹽醬醋茶。日拖夜磨，微薄到可憐的薪水，還不如楊日昌提來的一籃水果，兩串香蕉、三顆蘋果，餵飽整間警局的辛勞，上至所長，下到基層，人人有份。

更何況陳肇仁在警方眼中本來就不算什麼好人，誰會願意為了一個外地來的年輕人，得罪了原本盤根錯節的地下勢力。

電話掛掉，趙筱瑜陷入了沉默。

楊日昌也把桌上的報紙雜物推開，隔著壓克力玻璃看著桌上的徽章：「欸，看到沒有，警察之友，每個月捐這麼多錢給警隊就是為了換這張。」

陳肇仁知道，今天的場子，自己扛也得扛、不扛也得扛，畢竟那時候他為蔡正國挺身而出，現在他就要為當時的行為負責。

陳肇仁：「昌叔，那天是我先動手，我道歉。」

楊日昌：「喔？知道錯了？不錯啊，還知道要認錯，知錯能改，很好很好，我昌叔就喜歡知錯能改的年輕人，大目仔。」

後面一個理著山本頭，手臂上刺滿字的男人，直接把菸灰缸往桌上一扔。

「匡噹。」

一個缺了角的大號玻璃菸灰缸被扔在桌上，和壓克力的桌面碰撞後傳出刺耳的聲響。

菸灰缸上有一片暗紅。這一片暗紅的主人，就是站在楊日昌身後的男孩。那天為了要先發制人殺出這間辦公室，陳肇仁抓起這個菸灰缸就往男孩子頭上敲。現在，他必須為自己當時的選擇付出代價。站在楊日昌身後的男孩子，橫眉豎目、目露凶光。

「看你要自己還，還是我來幫你還，或者……」

男孩子把不懷好意的目光投向趙筱瑜：「讓你馬子來幫你還，這個身材我看可以。」

自由的風

在魚寮邊的人家，幾乎都會養狗；這裡的狗，跟都市的不一樣。

都市的狗搖尾賣萌；魚寮的狗凶猛精壯。都市的狗躲在主人懷中，魚寮的狗為主人看家護院。都市的狗吃的是罐頭加飼料，魚寮的狗吃的是大骨與肉塊。

雖然一樣是家人，但是這裡的狗生猛有活力，張牙舞爪地被栓在門邊，看家護院展現一生的價值。

所以都市的狗怕人，魚寮的人怕狗。尤其是狗的尾巴，一旦踩到了，牠必將跳起。特別是牠在進食的時候，如果奮起，那不死不休的態度，咬住了就毫不嘴軟。

陳肇仁小時候，特別怕隔壁鄰居家的小白。那是一條混了不知道什麼種的米克斯。約莫是陳肇仁七歲的時候，他本來和小白很要好。直到有一天，小白在吃飯，結果陳肇仁粗心大意地從牠身上跨過去，踩到了小白的尾巴，小白翻臉不認人。撲上陳肇仁還沒發育完全的身體，將他壓在地上，然後一口狠狠咬住陳肇仁的大腿。

血腥味刺激了小白的口鼻，小白發了狠地攻擊。陳肇仁痛得不斷掙扎。看到被撲倒的陳肇仁，隔壁鄰居的大叔趕快衝出來要把小白拉開，但是小白就像忘了陳肇仁一樣，尖銳的犬齒刺穿了陳肇仁鮮嫩的大腿。

動脈噴出鮮血，鄰居大叔急得脫下鞋子就往小白的鼻子上一陣狠打，小白被打得受不了只能鬆口。

陳肇仁嚇怕了，驚魂未定地看著小白。鄰居大叔幾乎是用了全身力量拽住小白脖子上的鐵鍊：「快走、你快走啊。」

陳肇仁落荒而逃，遠處傳來小白低沉的吠叫聲。陳肇仁嚇哭了，除了腿上的傷之外，更多的是一種來自被朋友背叛的情緒。

那一天之後，陳肇仁就再也沒去找小白玩過了，每每走到小白的勢力範圍，陳肇仁都只能悻悻然地繞路而過。

直到十年之後，陳肇仁長大了，小白老了。有一回他路過隔壁，趴在門口垂垂老矣的小白，其實早已經無法看家護院。身上光澤的白色皮毛，也出現不健康的土黃色，混濁的眼瞳，似乎在預告著即將逝去的生命。

但是當他看到陳肇仁的時候，還是拚命昂起脖子，用那已經退化的關節撐起年邁的身軀，然後對著陳肇仁發出凶狠的低吼。彷彿想起年輕時那曾經飄散在海風中的血腥味，是那樣的有活力、那樣的有價值。

看著那凶猛的小白，陳肇仁突然停下腳步。小白一輩子都被栓在這門上。隔壁鄰居大叔家徒四壁，從來沒遭過小偷，但是隔壁鄰居也沒虧待過小白，餐餐沒讓牠餓著。

現在小白老了，跑不動、吠不動了，弱不禁風的身軀，可能連一個小孩子都能爆揍牠一頓。但是此刻的小白看到陳肇仁，在那腦海中深處，那曾經輝煌的記憶又被翻出來，對著陳肇仁奮起最後一絲力氣，大聲吠叫。

就像一個將軍被困在都城一輩子。磨了一輩子的劍，從來沒有上陣殺敵，唯一一次的榮耀，是狠狠揍了一頓市井無賴。

就像鄰居大叔，曾經嚷著早晚要學陳錦郎，拎著行李就出海，賺了錢回來蓋房子。結果隔壁大叔一輩子除了補破掉的魚網與一手高超的抓蛇本領之外，什麼專長都沒有了，他也被困在這個小魚寮邊，一輩子。

最輝煌的那一天，是他抓到一條兩公尺長的大蛇，村子裡的人都來看熱鬧，他煮了蛇湯請大家，然後意氣風發，肆無忌憚地偷瞄著王秀娟的母親。

遠遠地，陳肇仁看著小白，在那餘暉下，牠彷彿用盡了身體深處的力量，吼出滄桑的吠叫。

陳肇仁轉身離開。小白又一次打了勝仗，看家護院成功，為主人擋下了這個十多年來，老是在附近徘徊不去的小賊。牠昂起了久違的尾巴，驕傲地在陽光下挺立，就像十年前擊退了陳肇仁般的驕傲。

小白老了，陳肇仁卻長大了。

此刻的陳肇仁就像當年被踩了尾巴的小白，猛得站起，目露兇光、低吼著。

大目仔已經伸手抓住趙筱瑜。那粗糙肥厚，滿是老繭的大手，粗魯地直接扣住趙筱瑜纖細的肩膀。

趙筱瑜：「你們要幹什麼，不要碰我！」

陳肇仁：「跟她沒有關係，你們放開她！」

不知道什麼時候開始，趙筱瑜成了陳肇仁的那一條尾巴。

誰也碰不得的尾巴。

楊日昌：「鴨場這條我可以找土豆就好，但是你在我這裡打人這條，要給我一個交代吧？」

陳肇仁：「你要什麼交代？」

楊日昌轉頭看著那個頭上包著紗布的年輕人：「國仔，你還沒說要什麼交代？」

叫做國仔的年輕人，伸手指了指陳肇仁的額頭。

楊日昌：「嗯，他用這個菸灰缸敲你一下，你也用這個菸灰缸敲他一下，很公平。」

陳肇仁看著那個染血的菸灰缸，一下子說不出話。

叫做國仔的年輕人撂下狠話：「怎麼樣，不讓你馬子還？那不然你自己動手啊，還是要我幫你？」

陳肇仁咬著牙，慢慢地拿起菸灰缸。

國仔指著自己的額頭：「幹你娘，縫二十一針，你這一下去，如果不用縫二十一針，少一針我就補一下。」

楊日昌用戲謔的眼神看著他們：「國仔說得很好，不然這樣，讓他女朋友來好了，這樣更有趣。」

一下子，所有人都把目光投向趙筱瑜，大目仔搶下陳肇仁手上的菸灰缸，往趙筱瑜手裡塞。趙筱瑜被嚇傻了，接過菸灰缸，這才發現這菸灰缸又重又沉，簡直跟一塊磚沒什麼兩樣。

楊日昌悠哉地拿起茶杯，抿了一口茶：「我看那雙手那麼漂亮，用來嚕我的懶覺一定很爽，可惜啦，不過我一直都尊重水姑娘的選擇，既然大家攏歡喜的路你不選，那妳就大力砸下去吧。」

纖細、白皙的手，顫抖著。

國仔指了指自己的腦袋：「二十一針嘿。」

趙筱瑜哪裡能下得了手。

陳肇仁咬著牙，握著趙筱瑜手上的菸灰缸：「沒關係，我自己來。」

「碰！」

就在這時候，辦公室的門開了。一個阿婆走了進來。正是那天在新港奉天宮，陳肇仁和趙筱瑜陪伴她一起走到元長鄉玉米棚的那一位阿婆。

接著，趙筱瑜和楊日昌一起開口。

「阿婆，妳怎麼來這裡？」

「媽，妳回來了喔？」

然後兩人面面相覷。楊日昌看著趙筱瑜，趙筱瑜也看著楊日昌；阿婆則是拉著趙筱瑜跟陳肇仁的手。

楊日昌：「媽。」

阿婆把他們兩個拉到門口，然後將陳肇仁手裡的菸灰缸搶過來。不管是大目仔還是國仔，這時候都只能眼睜睜看著阿婆將辦公室的門打開。

「大哥……」那個叫做國仔的年輕人，不甘心的喊了。

大目仔趕快把他拉到後面去，被阿婆推出門外的兩人，看著暈黃的天。自由的空氣就像海風，來無影、去無蹤，留一片從容。初上的華燈，帶著喧囂。

阿婆：「大轎快來了，你們還在這裡做什麼，快走快走。」

準備入夜的彰化，又熱鬧起來。站在辦公室門口的陳肇仁和趙筱瑜看著楊日昌。

楊日昌喊：「媽！」

結果阿婆直接把菸灰缸扔到角落垃圾堆裡，然後轉身，毫不給面子的直接一巴掌打在楊日昌的頭上。

「啪！」

楊日昌被打得滿頭霧水，但是阿婆還沒打算放過他，舉起枯槁的老手，又是一掌拍在楊日昌頭上。

楊日昌被打得退進辦公室：「媽，妳在做什麼啦。」

阿婆突然凶狠地說：「免叫啦，人家是跟媽祖的，你耽誤人家時間，我是要怎麼跟媽祖婆交代。」

阿婆走進屋子裡，順手把門關起來。

國仔氣得想衝出去，但是阿婆指著國仔就說：「做什麼！今天誰要是敢踏出這個辦公室給我試試看。」

「碰！」

門關上了。屋子裡傳來楊日昌的聲音。

楊日昌：「媽，別再打了啦。」

被留在辦公室外面的陳肇仁跟趙筱瑜對看一眼。

遶境的人，總有個傳說。

據說遶境前要先到鎮瀾宮擲筊，詢問媽祖婆是否願意讓你跟隨，如果得到聖筊，那表示媽祖婆會派一名天兵天將，在隨香旗上跟隨一路平安，並且給予勇氣與力量，讓隨香客在一路上得到更多的堅持，完成這八天七夜的旅途。所以得到聖筊的隨香客會有很多考驗，但是也會有很多幫助的力量。

記得那是在虎尾帥興宮往西螺的路上，陳肇仁跟趙筱瑜實在是忍不住了，他們坐在某個點心攤的塑膠椅上，陳肇仁頭一歪就睡著了。趙筱瑜本來想保持精神等一下叫他起來，但是整晚的趕路，實在是受不了，不知不覺也跟著一起睡著。

路上來來往往的隨香客，鑼鼓喧天。但是他們兩個睡沉了，什麼都沒聽到。

接著就看報馬仔過去，開路鼓從遠處緩緩過來。

突然，點心攤的老闆轉頭拍了拍陳肇仁的肩膀，陳肇仁驚醒。遠處看到開路鼓過來，他連忙叫醒趙筱瑜。兩人推著手推車，對點心攤的老闆鞠躬致謝，如果老闆沒有叫他們，他們恐怕要睡到天荒地老。

但是老闆只是愣了一下，然後對著南方拜了拜，跟兩人說：「不是我叫你們，是媽祖婆叫你們，謝謝媽祖婆吧。」

兩人沒聽懂什麼意思。

只不過開路鼓的樂聲已經緩緩過來，陳肇仁也不敢多留，只能跟趙筱瑜加緊腳步離開。一路上，幫助他們的貴人很多，彷彿冥冥之中有人派來的一樣，只要他們願意走。

這股力量不斷督促著他們緩緩向前。就像此刻，關上門的辦公室，恢復自由的兩人，上路與否在於他們自己，但是障礙已經掃除。

陳肇仁還猶豫地看著那緊閉的辦公室小門，趙筱瑜望著陳肇仁，她深吸一

人生八苦

越靠近大甲，海風逐漸強烈，人潮也漸漸地重新聚集。

這條路就是這麼有趣，媽祖婆起駕前，這裡就是一條日農工商的日常；媽祖婆起駕後，這裡就是條百年香路。

隨著大轎的推移與靠近，原本回歸生活的隨香客們又會開始往這條路上聚集。有人直接在清水、大甲等媽祖，有人會從彰化開始陪著大轎一路往回走。老一輩的說，其實也不是大家回來了，而是本來被拉長的隊伍又集中起來了，跟隨大甲媽祖的人始終是這麼多。不同於其他媽祖遶境，大部分的香客都是圍繞在大轎旁邊，人潮容易統計。大甲媽祖的隊伍往往綿延上好幾公里，萬頭鑽動的非常難以計算，甚至曾有專家學者計算過大甲媽祖的遶境隊伍，如果從第一個人開始計算到最後一個人結束，至少要步行一天才能走完整個隊伍人龍。

在彰化八卦山牌樓底下，路旁的攤販夾道排開。準備稜轎腳的信眾，頂著太陽，翹首盼望著那遠方在簇擁中即將到來的媽祖婆。

路邊有個大叔大概是太累了，倒頭就睡。一身汙泥，但是隨香旗卻恭敬地插在背包裡，平整地擺在牆角，也不知道這大叔幾天沒洗澡了，整路跟著媽祖婆，無論大馬路旁辣妹隨著電音舞曲怎麼扭腰擺臀，掛在起重機上的鞭炮怎麼炸出一串鞭炮瀑布，這大叔跟沒事人一樣充耳不聞，睡得香甜。

大概是一路上這樣的人看多了，滿大街上熱鬧的人群，也沒人去打擾大叔，就讓他睡個高興。

然後日漸西移，又是一個華燈初上的夜。媽祖婆的大轎在簇擁中走來，數萬人匍匐成了一條蜿蜒的龍，比台中港大潮時還要長的龍，滾滾而來。

「趴下去，頭不要抬起來。」轎班吆喝著。

母親把孩子擁進懷中，緊緊地縮在地上，孩子那小兒麻痺的手在地上磨擦無法伸直，趴在地上的不舒適讓他不斷扭動掙扎。一個大姊趕快拿一塊布巾讓母親墊在孩子身下。

大轎停下了。

所有人都等著大姊把布巾鋪好。眾所注目之下，母親跟大姊七手八腳，手忙腳亂地緊張著。轎班的大哥趕快過來將孩子扶起，讓大姊把布巾鋪好，然後再把孩子放到地上。

那頂金鑾紅轎，從他們身上踏過那一刻，母親的淚打濕了那塊布巾。如果可以，母親願意用自己跟孩子換一生的平安康健；但這就是人生，誰也不能換誰的人生。

佛說，人生八苦，生、老、病、死、愛別離、怨憎會、求不得、五陰熾盛，這些都是人生課題，是人都要面對的苦痛。

就在離開昌叔辦公室的時候，趙筱瑜不知道為什麼，找到公用電話亭，打了一通電話回家。她想跟她的父親說，她快要完成這段路了，母親一定可以好起來的。但是陳肇仁所認識的那個宛如精靈般，天真、樂觀、開朗的女孩崩潰了。

彰化天后宮距離大甲只剩下步行約十四小時的路程，但是趙筱瑜卻感覺自己走不完了。她匍匐在媽祖婆面前，淚水一滴滴落下。

陳肇仁沉默地跪在她身旁。那通電話是趙筱瑜的父親接的。就在他們兩個從彰化走出來，討論要不要先走回大甲，然後彼此用歌聲打氣，大唱王傑當紅的《誰明浪子心》時候。

「筱瑜啊，妳媽媽不行了，今天早上病情突然惡化，送進加護病房，醫生說，恐怕挨不過今天晚上。」

生老病死，誰也躲不過。

趙筱瑜突然明白了，出發前的那三個「陰筊」到底是什麼意思。媽祖婆的旨意，不隨便給，既然給，必有其深意，儘管當下不明白，日子久了，自然會了解。難怪是三個陰筊，原來趙筱瑜的母親根本撐不過這幾天，儘管她拚了命地加快腳步想往前趕。

坐在大甲溪橋橋頭的番薯攤，月明星稀。趙筱瑜使盡了全力。但是就像跑了十幾公里的馬拉松選手，在終點前不管她有多想使盡全力都沒有用，在這一段漫長的旅途中，她終究把氣力放盡。

眼睜睜看著終點就在那裡，可是她卻再也快不起來。

遠方，一個大叔在數十人簇擁中走來，番薯攤的眾人都出去迎接大叔。大叔姓蔣，是這個番薯攤的老闆。蔣先生燦爛地笑著，這是他第十五年完成這八天七夜的旅程。精瘦的小腿踩著一雙非常簡單的藍白拖，番薯攤的兒女、妻小圍繞。

蔣先生走到陳肇仁跟趙筱瑜身旁，笑著拍拍陳肇仁的肩膀：「年輕人，這麼年輕就來走大甲媽祖喔？」

陳肇仁累得不想跟他說話。

但是蔣先生卻豪氣干雲地說：「這樣就對了，這樣很好，這條路就是要靠你們年輕人繼續傳承下去，我們老了，你們要好好珍惜這條路，等我們以後投胎轉世，還要來走。」

趙筱瑜猛地抬頭，看著蔣先生。那滿是皺紋的臉上，透著一股說不出的豁達。

◆

「筱瑜啊，媽媽沒撐過來，走了。不過媽媽有說，妳當時答應媽祖婆要走八天，說到要做到，要走完八天，不可以提早回來，知道嗎？」

接近子夜的大甲溪橋上，星很亮、風很涼。陳肇仁把厚重的外套披在趙筱瑜肩上。還沒出發前，或許就已經註定了這一段沒有結果的漫長。

老一輩常說，未註生、先註死。時間到了，不驚不慌；風蒼蒼、雨徨徨。

這就是人生最平常的無常。

陳肇仁：「妳為什麼不回去？」

趙筱瑜：「因為我爸說，我既然答應過媽祖婆要走完，說到要做到。」

陳肇仁：「妳是為了妳媽媽來，我也是為了我媽來，但是如果我知道根本沒用，我早就回去了。」

趙筱瑜：「本來媽祖婆就沒有允我的筊，是我自己要來的。」

陳肇仁：「那妳後悔了嗎？」

趙筱瑜：「我也不知道。」

陳肇仁：「剩下這段路，有沒有走完真的重要嗎？」

趙筱瑜：「本來很重要，但是現在好像……」

沒等趙筱瑜說完，陳肇仁又問：「走這一段路，真的能夠改變什麼嗎？」

趙筱瑜皺起眉頭，那本來水靈的眼睛抹上了一層陰鬱：「其實什麼也改變不了吧。」

陳肇仁：「那為什麼還要來？」

趙筱瑜擦掉落下的淚，蹲在大甲溪橋的橋頭。夜風，扯著橋上整排的旗幟，旗幟上寫著「恭迎大甲天上聖母回鑾」。

「啪啪啪！」

旗幟的聲音拍打著夜空。信仰就是這麼回事，信則有、不信則無。當你滿懷期待地對媽祖婆下了一個願，結果並不如你所預期，那信仰還存在嗎？

原本趙筱瑜認為，只要她走完，媽祖婆慈悲，必定會保佑她母親康復。

一路上，也聽了不少這方面的神蹟。

四十幾歲的大叔為了重病的母親，許了一個「只要母親好起來，走到不能走」的願之後，他的母親就像有了神蹟般地康復，最後大叔為了履行這個願，徒步整整二十九年。

直到老了，關節退化了，才好不容易在大甲媽祖那裡討到一個聖筊，不用再走。

所以趙筱瑜也覺得，她相信媽祖，母親也一定可以好。偏偏她擲出三個陰筊。倔強上路的她，路上努力保持樂觀，但是最後卻還是應了驗，她的母親沒撐過這八天。

一旦願沒了，那信仰還在嗎？

趙筱瑜回答不了陳肇仁，她父親雖然叫她走完，但是她滿滿的不甘心堵在胸口。

「憑什麼，我要的要不到，我還要走完？」

這個心態在趙筱瑜心中，就像一個負面的能量，不斷擴大、不斷擴大。善與惡，拉扯，就像一杯清澈的水被滴進了一滴墨。

「我覺得……我們改變不了命運，但是我們可以改變心態。」

陳肇仁突然說出這句話，趙筱瑜訝異地抬頭看著他，在夜空中的他，看著遠方。海風從大甲溪的出海口灌進來，陳肇仁的眼瞳有著讓人著迷的漆黑。

「你說什麼？」趙筱瑜看著他。

陳肇仁：「我這個人比較不會說話，沒辦法像妳一樣說出一篇道理，但是這幾天下來，我覺得我們要改變別人很困難，改變自己很容易。」

「怎麼說？」趙筱瑜問著。

陳肇仁：「妳看那些騎車的，他們都很快就可以到廟裡佔到好位置睡覺，我們用走的，根本搶不贏他們，但是為什麼一定要到廟裡才能睡覺？路邊不能睡嗎？」

陳肇仁想了一下，他想安慰趙筱瑜，但是又不知道該怎麼組織這些感覺，只能東拉西扯地說著。

陳肇仁：「還有那些拿很多水果的，他們吃得完嗎？平常吃不到西瓜嗎？一個鳳梨才多少錢，為什麼看到不用錢就拚命拿？可是生氣這些，也不會比較快樂啊，路還是在那裡，還是要走啊。」

趙筱瑜：「你在說什麼啦？」

陳肇仁：「唉唷，我也不知道自己在說什麼，反正我覺得啦，路是自己在走，我們有能力就多幫別人，至於別人，他們有他們自己的路啦。」

趙筱瑜：「然後呢？」

陳肇仁實在是不知道怎麼安慰趙筱瑜，笨手笨腳地一把拉起她的手：「反正、反正妳跟我走就對了啦。」

夜空下，大甲溪橋的風宛如一把刀，橫掃過每一個橋上的隨香客。但是陳肇仁緊緊地拉住趙筱瑜。幾天前，她渡他；幾天後，他渡她。

人生就像一條摸著石子才能過的河，怎麼過不重要，重要的是誰拉著你一起過。

落馬

那一天，當大甲媽祖在清水朝興宮停駕的時候，陳肇仁拉著趙筱瑜慢慢走進鎮瀾宮廟埕。滿城的喧囂被他們拋在腦後，這一夜，海線就是一個不夜城。

海口人會聚集到這個屬於他們的夜市，扶老攜幼來拜媽祖、逛廟會。而當陳肇仁跟趙筱瑜走進鎮瀾宮的時候，李貴桃就站在廟埕等他們。

階梯上放了一雙鞋，是蔡正國的那雙臭鞋子，又破、又舊的一雙鞋，這雙鞋，價值二十萬。

陳肇仁趕快靠過去。

陳肇仁：「媽，妳怎麼在這裡？」

萬萬沒想到，李貴桃根本不看陳肇仁，直接走到趙筱瑜身旁，拉起趙筱瑜的手就往廟裡走。

李貴桃唸唸有詞：「媽祖婆保佑、媽祖婆保佑。」

陳肇仁訝異地喊：「媽！」

但是李貴桃還是沒回頭，倒是趙筱瑜趕快指了一下地上的鞋子。

陳肇仁一頭霧水地將鞋子撿起來，然後跟上去：「媽？啊這雙鞋怎麼在這裡啦？」

李貴桃跪在媽祖前面，趙筱瑜也跪下來。

李貴桃：「跪著啦。」

聽到李貴桃嚴厲的口氣，陳肇仁趕快跪下來。

李貴桃：「媽祖婆保佑，讓我們陳肇仁平安順利走完這段路回來，感謝媽祖婆保佑。」

李貴桃站起來，把陳肇仁的旗子搶過來。

李貴桃：「落馬啦。」

陳肇仁雖然不明所以，但是還是拿著香，誠心地跟媽祖婆報備。

陳肇仁：「弟子陳肇仁，感謝媽祖婆保佑，讓弟子有足夠的勇氣跟堅持，完成這段路，弟子回來了，在此跟媽祖婆報備落馬。」

陳肇仁恭敬地三鞠躬。李貴桃轉身就把旗子拿到天公爐上過了火。

李貴桃：「走，來返啦，小魚啊，今天晚上一定要留著給阿嬸請，明天再回去。」

趙筱瑜：「阿嬸，我媽沒了，我、我先回去，改天再來給阿嬸請啦。」

聽到趙筱瑜這樣說，李貴桃愣了一下，然後更是緊緊抓著趙筱瑜的手。

李貴桃：「這樣也好啦，應該趕快回去，但是一定要來找阿嬸，知道嗎？」

趙筱瑜點點頭。

李貴桃看了陳肇仁一眼：「你還站在這裡做什麼，送她回去啊，落馬了可以騎車了啦。」

「阿嬸，不用啦。」趙筱瑜趕快婉拒。

但是李貴桃非常堅持：「要啦，現在這種時間，你去哪裡等得到車，讓阿仁載妳回去，阿嬸比較放心。」

趙筱瑜看了陳肇仁一眼。

陳肇仁馬上拍著胸脯說：「這麼晚了，我載妳回去啦。」

趙筱瑜低著頭，輕輕地應了一聲：「嗯。」

◆

台南，某汽車旅館內。桃色暈黃的燈光灑下來，讓玻璃分散成七彩的顏色，一種奢華、糜爛的感覺充斥著房間。菸灰缸裡十多支菸屁股倒插，桌上放著一手又一手的空啤酒。

蔡正國打赤膊看著電視，電視正播著與這房間非常不協調的大甲媽祖回鑾新聞。王秀娟剛從浴室走出來，包著浴巾。

蔡正國一把就將王秀娟拉到床上。

王秀娟：「做什麼啦。」

蔡正國：「做什麼？做愛啦。」

王秀娟：「等一下啦，土豆，我問你，去高雄之後你有什麼打算？」

蔡正國：「哪有什麼打算，走一步算一步啊。」

王秀娟：「走一步算一步喔。」

蔡正國：「我是在想，這二十萬塊如果來去簽，說不定可以變一千萬，到時候你就整天在家顧小孩就好了。」

蔡正國不安分地把手伸進王秀娟的浴巾內。

王秀娟：「等一下啦。」

蔡正國已經把王秀娟的浴巾扯掉，大手肆意地搓揉起來：「等什麼啦，幹，他們說邊境的人回大甲要落馬，林杯現在要起馬啦。」

王秀娟雖然抗拒，但是身體已經配合地扭動起來，纖細的手顫抖地抓著蔡正國厚實的肩膀，當蔡正國把王秀娟摁倒在床上的時候，嘴角揚起了一抹勝利的微笑。

「幹，兩支破旗子，換二十萬人頭紙，這個交易真划得來，哈哈。」

◆

在摩托車上，海風劃過臉頰，疲憊的兩人騎著機車往南走。趙筱瑜抓著機車後座的握把，尷尬保持著一種不失禮的距離。

如果是以前，陳肇仁和蔡正國出門一旦載到妹子，他們兩個路上肯定瘋狂剎車，然後享受著背上傳來的彈性。女孩們會一邊打他們的安全帽罵他們幼稚，一邊又嬉鬧著慢慢把手環在他們的腰上。

但是這一次，只有陳肇仁，沒有蔡正國，而陳肇仁也沒有這麼做。他小心翼翼地閃著地上那些跟青春期少年臉上痘疤一樣的爛路，謹慎地保持車身穩定，也不突然緊急剎車。

陳肇仁：「妳怎麼認識我媽的？」

趙筱瑜沒有回應這個問題。

陳肇仁等不到他的回答，忍不住又追問了一題：「還有土豆的那雙鞋怎麼回事，怎麼在這裡？」

趙筱瑜嘆了一口氣，淡淡地說著：「你以為你去走大甲媽祖，你媽媽放心喔？」

陳肇仁：「什麼意思？」

趙筱瑜：「什麼意思自己想啦。」

◆

新港奉天宮外剛結束祝壽大典，祝壽台快速地被工作人員拆下；廟埕兩旁的商家賣力地叫喊著自家商品。人潮洶湧的中山路上，跟陳肇仁吵完架的趙筱瑜，拿走了背包後，茫然地走在人來人往的路上。

一陣風吹來，她拉緊了身上的外套。赫然發現，自己身上的外套還是剛才陳肇仁為她披上的。

一想到今天之後，可能跟陳肇仁、蔡正國這對兄弟不會再見，她突然轉身回去，想把外套還給陳肇仁，讓這個名字澈底消失在生命裡。

「小姐，妳也來遶境喔？」一個大嬸問著。

趙筱瑜這才從思緒中抽離出來。坐在鐵椅子上的她，捧著一碗喝到一半的粉圓發呆。

「喔，阿嬸，對啊，我也是跟媽祖的啦。」趙筱瑜回應著。

大嬸笑著：「我兒子也是來走媽祖的。」

趙筱瑜：「母子一起走媽祖，阿嬸很誠心喔。」

大嬸搖搖頭：「沒有啦，我們那個，小時候不好養，生了一場病，我跟媽祖婆說，如果養得大，等他長大就讓他來跟媽祖走。」

聽到這裡，趙筱瑜突然愣住。

大嬸嘆了口氣：「我就偷偷騎機車跟在他後面，可是這裡人很多，跟不上了啦。」

趙筱瑜沒說話，看著大嬸的眼光突然出現了一抹異樣。

然後大嬸就拉拉趙筱瑜的外套：「我想說，這件外套跟我兒子的有點像，遠遠的以為是我兒子，結果老了，認錯了啦。」

趙筱瑜沒有問，但是她知道這個大嬸是誰。

「阿嬸，我知道妳兒子在哪裡。」趙筱瑜說著。

大嬸訝異地問她：「妳知道？」

趙筱瑜點點頭：「這件外套是阿仁的啦。」

大嬸：「妳認識我家阿仁？」

這大嬸正是李貴桃。然後在一個不起眼的角落，當陳肇仁拿著鴨頭還有二十萬現金塞進蔡正國的懷中、蔡正國跟王秀娟訝異地看著這筆錢，陳肇仁轉身而去的時候。

在騎樓邊，陰暗的角落。李貴桃的手裡緊緊捏著大甲鎮瀾宮的香火袋。臉上滿是淚水。

趙筱瑜輕拍著李貴桃的肩膀：「阿嬸……」李貴桃甩開趙筱瑜的手，快步走出去。趙筱瑜以為她要過去呼陳肇仁兩巴掌，但是李貴桃並沒有這麼做，她轉身走進當鋪。

當鋪裡，服務生跟黑龍正在商議著到底要不要報警。

李貴桃一進來就喊：「頭家、頭家。」

黑龍跟服務生都看著李貴桃，趙筱瑜也趕快跟進來。李貴桃一把壓住桌上的那雙臭鞋。

「頭家，你不要報警，這雙鞋你剛剛當了多少，我買回來、我買回來啦。」

黑龍一頭霧水。李貴桃老淚縱橫，一臉焦急地緊緊按住那雙鞋子。

服務生沒好氣地喊著：「欸，妳是誰啊，妳知道剛剛那個人手裡有鐵仔，他這哪是當東西，他這是搶劫耶。」

黑龍喝斥了一聲：「好了，沒你的事，去做事啦。」

服務生不滿地把臉別開。

黑龍看著趙筱瑜：「妳們是？」

趙筱瑜：「這位是剛剛那個來當鞋子的媽媽啦。」

黑龍皺起眉頭。

李貴桃：「我們阿仁，不是壞人啦，是正雄他兒子，唉，他們兩個從小長大，他說的比我這個做老母說的還有用啦。」

趙筱瑜：「不會啦，阿嬸，我相信媽祖婆會帶他回來的。」

服務生忍不住了，又吼了一句：「這到底在演哪一齣啦，幹，拿鐵仔的都好人，啊我們這些不就都壞人。」

黑龍瞪了服務生一眼：「你進去啦！」

服務生被吼得不是很開心，低著頭轉身就離開櫃台。黑龍嘆了一口氣，把鞋子推給李貴桃，趙筱瑜跟李貴桃愣了一下。

黑龍淡淡地說：「江湖英雄漢，下馬問前程，誰都有歹過的時候，沒事啦，大姊，鞋子妳拿回去，我也不會報警啦。」

李貴桃一聽這話，馬上抓住黑龍的手。

「頭家、頭家，你是好人，大好人啦，看我阿仁拿了你多少錢，我一定還你，只要不報警，我一定還啦。」

黑龍笑著：「沒事啦。」

走出當鋪的李貴桃跟趙筱瑜面對著奉天宮，李貴桃緊抱著那雙鞋，然後在人來人往的中山路上跪下，她慢慢地磕下頭，額頭緊緊貼著地板。

淚水被地上的高溫給蒸發，來來往往的人看著她。趙筱瑜趕快跪下來陪著李貴桃。

李貴桃：「媽祖婆保佑，保佑我家阿仁做好孩子，浪子回頭。」

回來之後

鞭炮聲在工廠外響起。陳肇仁的工廠落成，十幾個員工站在工廠外準備拍照。

坐在最前面的李貴桃東張西望著：「阿仁呢？」

一個穿著背心的大叔就說：「頭家跟頭家娘，還沒出來啦，翔仔，去叫一下。」

留著金頭髮的年輕人就對著辦公室大喊：「頭家、頭家娘，老頭家娘在叫啦，你們不要在裡面恩愛喔。」

聽到這話，大家都笑了。

大叔則是用力打了翔仔的肩膀：「靠杯啊，說什麼啦。」

翔仔一臉委屈揉著肩膀：「事實啊。」

辦公室裡，陳肇仁把脖子上的關聖帝君護身符收進盒子裡，然後將大甲媽的紅彩掛在媽祖婆神像上，誠心地上香。

趙筱瑜幫陳肇仁把領帶整理好。

趙筱瑜：「欸，這麼多年了，你都沒跟我說後來土豆是怎麼被抓的耶，現在工廠都放炮了，還是不交代一下嗎？」

陳肇仁：「唉唷，這是男人間的祕密啦，妳也沒說，怎麼認識我媽的啊？」

辦公室外又一次傳來翔仔的聲音：「頭家、頭家娘，拍照了啦。」

陳肇仁：「來了啦。」

陳肇仁牽著趙筱瑜的手，走到門外。

◆

工廠辦公室外面。

陳肇仁把牛皮紙袋還給蔡正國。蔡正國沒有接，只是把手裡的菸扔到地上，接著用那閃亮的黑皮鞋踩熄了菸蒂。

蔡正國沒說話。但是這個動作讓左右兩旁的年輕人全站起來。土豆大的錢，有人敢不收？就像當年在郭溝仔昌叔的辦公室一樣，只要楊日昌一聲令下，土豆仁當場就可以變成土豆泥。

陳肇仁：「土豆，我現在就只想要安靜地做生意就好。」

蔡正國：「做生意就是要賺錢，這也是在賺錢啊，而且賺的比你開這間工廠還要多吧？怎樣，還是你看不起我的錢？」

陳肇仁：「不是啦，我現在這裡的生意穩定，夠大家吃飯就好。」

蔡正國又叼起一根菸。

已經不是長壽牌的香菸了，是一種陳肇仁根本叫不出名字的洋菸，用精美漂亮的硬盒子包裝著。

旁邊的年輕人馬上為他遞上火。蔡正國轉頭看著旁邊，趙筱瑜牽著一個孩子，挺著大肚子在旁邊看著他們。

蔡正國笑著拍拍陳肇仁的肩膀：「幹，當年我就說她是你的菜，你還不承認。」

陳肇仁也笑了：「靠杯啊，啊那時候你走了，我除了她也沒有別的伴一起走啊。」

蔡正國：「幹，如果照你這樣說，你結婚的時候，應該讓我坐媒人的大位啊？」

陳肇仁：「多說的，當年你在籠子裡，想坐大位喔？你如果有辦法跑出來我就讓你坐啦。」

打鬧完了，蔡正國抬起頭把一口白菸吐向天空。

然後陳肇仁就漸漸收斂了笑容：「這次你沒打招呼就過來，我希望不要再有下一次了。」

蔡正國點點頭，走到車旁，年輕人馬上幫他開門。

蔡正國：「來去了。」

陳肇仁把牛皮紙袋推給旁邊的年輕人，年輕人接下了。

趙筱瑜鬆開了牽著孩子的手，孩子抱著一個木盒子，跑到陳肇仁身旁。

陳肇仁敲敲車窗，蔡正國把窗戶搖下來。陳肇仁將木盒塞進車子裡，蔡正國接了。司機緩緩鬆開剎車，工廠裡的進口車一輛一輛地離開。

趙筱瑜走過來，陳肇仁緊緊握住她的手。

有人出海就沒有再回來；有人回來了，把原本的漁船換成了工廠。或許撈的沒有以前多，大起大落不比從前，但是這艘船安穩，至少不會一個浪頭打來，說翻就翻。

在車子裡的蔡正國，打開了木盒子。盒子裡有一雙鞋。還有一個關聖帝君的護身符。

蔡正國打開窗戶，看著外面，想著當年。

◆

那一天，在汽車旅館裡，蔡正國赤裸著身體，穿著一條內褲，摟著王秀娟睡覺。

王秀娟醒來，躡手躡腳地從蔡正國的手臂上移開，她用浴巾圍著赤裸曼妙的身體，然後拎起鞋，小心翼翼地拿走紙袋裡的錢。將那陳肇仁用義氣當給蔡正國的二十萬，慢慢地從紙袋中抽出來。

王秀娟關上房門，穿好衣服走到汽車旅館外面，她打了一通電話。不到十分鐘，四輛警車開過來。

警察下車問王秀娟：「金寶珍銀樓搶案的蔡正國在這裡？」

王秀娟點點頭，叼著菸，赤裸著雙腳、翹起二郎腿的她，用纖細的手指指了指汽車旅館。然後荷槍實彈的警察慢慢地摸進汽車旅館。

王秀娟穿上鞋，緊緊拉上外套，轉身離開。

尾聲

車子裡，蔡正國的手機響了，手機上顯示著「阿葉」。

蔡正國接起電話，一個陌生的聲音在車裡響起：「土豆大，王秀娟找到了。」

蔡正國淡淡地說：「先把她帶到黑面那裡，讓黑面拉她去炒一個大鍋的招待一下，然後如果還不出兩百萬，就叫黑面把她撈起來。」

話一說完，蔡正國把電話掛掉。他看著木盒裡的鞋子跟護身符，揚手，直接將東西扔出車外。

手指壓在車門邊，輕輕撫摸著那把伴隨他多年的仿製九〇。

◆

工廠裡，機器碰撞的聲音頻繁而密集地傳來。趙筱瑜抱著嚎啕大哭的孩子，努力哄著，孩子坐在沙發上，灑了滿地的玩具。

陳肇仁赤裸著身體，和師傅們一起將鐵圈從卡車上搬下來。工廠傳來廣播的聲音。

「為您插播一則地方新聞，今天早晨在台中港堤防邊，在海線人稱土豆的角頭，蔡正國，被人發現陳屍在價值三百萬的自用賓士進口車裡，經本台記者採訪，該名角頭持仿造九〇手槍在車內擊發，由於現場疑點重重，到底是自殺還是他殺，還有待警方進一步釐清，本台記者將為您持續追蹤報導。」

陳肇仁愣了一下，巨大的機器持續運轉著。在陳肇仁的印象中，那把九〇仔，從來沒響過。結果關了這麼多年後出來，唯一的一響，打穿的是蔡正國自己的腦袋。

翔仔拿著一條鐵圈過來：「頭家，這個地方，我怎麼焊起來都不太漂亮。」

陳肇仁看著機器，發著呆。

翔仔又喊了一句：「頭家！」

陳肇仁才趕快把臉轉過來。

魚寮邊，海風起。就如同出海的人，盼不到歸期。有時候，等到的只是一句口信。被海流走了，然後哭一場。想到他早上出門的樣子，誰能知道，那笑容就是訣別。

大海無情，不會管你是善是惡。我們是歹命人、不是歹人，像煙花柳巷的小姐們一樣，為了生命而拚搏著。如果可以，誰願意每天面對潮起潮落還有毫無感情的男歡女愛。

趙筱瑜剛嫁來陳家的時候，李貴桃曾說，「我不喜歡吃蚵仔。」起初她不懂，鮮蚵這麼新鮮，為什麼有人不愛。

後來她懂了。因為李貴桃有大半的年歲都在魚寮邊過，滿手的滄桑，都是被鮮蚵那尖銳的殼給劃出的傷。

李貴桃說，她也曾經想逃。但是陳錦郎拋家棄子跑遠洋漁船，如果連她也逃了，那陳肇仁要吃什麼？遠洋漁船聽起來浪漫，但是出海就是杳無音訊，生死無憑。孩子能長大，靠的只有李貴桃那雙鮮血淋漓的手。

然而當李貴桃抬起頭的時候，魚寮邊整排的婦人，誰人的手不是滿滿的傷痕。她沒資格抱怨，也不打算抱怨，因為這裡的一把風刀淬鍊出他們強韌的生命。

這就是海口人，無常的日常。

後記

宴平樂

記得二〇一七年，北上參加編劇班，原本是寫輕小說的我，第一次因為要把故事影像化，而嘗試撰寫現實題材的故事，當年我認為有興趣，且田調扎實的肯定是「大甲媽祖遶境」這個主題，那年是我完成徒步遶境的第五年。

所以我寫下了人生的第一個劇本，就是關於大甲媽祖遶境的題材，只不過當年的我把遶境這件事情，寫得非常痛苦，各種腳痛、痠痛、肌肉疼痛跟無法睡覺的折磨都寫進來。

後來老師檢討劇本大綱的時候，他幾乎把班上每一個人的作品都討論過，但是就是沒有檢討我的，我詢問老師為什麼不檢討我的大綱？

老師告訴我，他沒辦法檢討我的大綱，因為我在大綱裡把走路遶境，寫成一種痛苦的折磨與苦行，但是對他來說，能夠走路卻是一份他此生求都求不來的幸福，老師拄著拐杖站起來，他是先天性小兒痲痺。

當下，我很震撼。原來就如行走坐臥這種我們認為理所當然的日常，對某些人來說卻是一種求不得的幸福，也如我們遶境途中，許多在社會上「喊水會結凍」的大老闆、董事長來走這段路，他們常會笑說，「平常要上個廁所洗個澡，隨隨便便都有人服務好，但是走在這段路上，常常為了要人家給我們行個方便，哪怕只是借個廁所，我跟他們致謝致得頭都要磕在地上了。」當真是眾生平等。

有時回頭看看這個故事，《起駕，回家》寫的雖然是起駕，但是寫完之後，靜下心來想想，這個故事的本質或許應該是「回家」，回去那個我從小生長的家庭，那個需要與天爭、與海鬥，把死亡當成一種日常的港口。

剛開始創作這個故事的時候，只想寫一個與大甲媽祖遶境有關的主題，但是寫著寫著，就發現其實真正跟信仰相關的應該是人，而這群人的樣貌，從根本出發，或許就是住在海邊的人。我的外婆家就住在海邊，我那為人海派、豪氣干雲，遠洋漁船回來卻與我從未謀面的外公，那個只活在母親嘴裡的外公，其實對我來說，就是一種標準的海口人的樣貌，於他們而言，正與邪、善與惡的界線，或許真的不是這麼明顯，畢竟如同故事裡說的，大海才不會管你好人壞人，彎腰抓螃蟹的日常跟拿槍輸贏的日子比起來，風險一點也不會比較小。

小時候常聽大人們說，「那個隔壁的阿嬸被流走了」，大人們說這句話的時候，語氣裡總是透著一種難以言喻的沉重與無奈，孩提時總不懂那是什麼意思，如果想多問兩句，就會被大人們喝斥，「囝仔人有耳無嘴，惦惦。」

長大後，懂了，那句話代表了一種悲歡離合，我們從沒去某位阿嬸的靈堂前面上過香，只是淡淡地會知道，昨天給我們糖的某位嬸嬸，去了遠方，不會回來了，就這樣，生命的重量，有時候能如此輕似鴻毛。

但是他們沒有辦法，這些事情，還是一代人傳過一代人，日日復日日、年年年復年年地上演，直到現在，那些住在海邊的人，依然是一手高梁，豪氣干雲，「米缸沒米了嗎？沒得吃，海底抓，大海沒蓋子。」

《起駕，回家》因為是寫媽祖的故事，所以我格外戰戰兢兢。落筆很難，但是成書卻不難，彷彿一切都是早就想好，並且在我腦海中醞釀多年的情節與故事，幾乎每一個人物、每一段故事都有原型，包括趙筱瑜、陳肇仁、蔡正國、李貴桃、王秀娟等等等，我甚至邊寫邊想，我或許只是把這些從小到大見過、聽過的人兜在一起，讓他們換了一個環境，重新上演一個故事如此而已。創作到一半，樂爸還皺著眉頭告訴我，很多事件、場景，別寫得太真實，盡量模糊、虛構一點，畢竟還有人要吃飯，你別因為一個故事就砸了人家飯碗，這樣不好，這本書說到底畢竟是小說，不是報導文學。

最後我想用趙筱瑜的故事做結尾，其實這也是我在路上聽到的真實故事，老一輩的人常說，「未註生、先註死」，人生似乎就是這樣，生死無常，有時候如果時間到了，真的不是我們做出什麼樣的努力，或者我們求神拜佛就可以讓生命得以延續，我們只能學會放手，然後相信可能緣分真的盡了，也或許還沒盡，死亡不是終點，可能在某個將來，你們會用不同的形式，將這份未完的緣分延續下去；至於是否有違傳統民間習俗的「見刺」禁忌，我想在那個當下，筱瑜其實開頭就說了，她上路一直都沒有被媽祖婆允筊，但是她仍然守著一口氣，點著一盞燈，念念不忘地相信母親可以好起來，當信仰破滅的時候，仍讓她信守承諾走完最後一段路的，我想或許是與父親之間的親情，而並非純粹是對媽祖婆的信念，畢竟把信仰給說穿了，是一種人與人的慰藉，是否真有神佛，信則有、不信則無，死亡真的是終點嗎？我想用番薯團蔣先生的話作結，「這段路你們要好好地珍惜，一代傳承一代，等我們投胎轉世之後，還要在路上與你們相遇。」

鏡小說
047

起駕，回家

作　　者：宴平樂
責任編輯：林芳如
責任企劃：劉凱瑛
整合行銷：何文君
裝幀設計：Ancy Pi
主　　編：劉璞
副總編輯：鄭建宗
總 編 輯：董成瑜
發 行 人：裴偉

出　　版：鏡文學股份有限公司
114066 台北市內湖區堤頂大道一段 365 號 7 樓
電　　話：02-6633-3500
傳　　真：02-6633-3544
讀者服務信箱：MF.Publication@mirrorfiction.com

總 經 銷：大和書報圖書股份有限公司
242 新北市新莊區五工五路 2 號
電　　話：02-8990-2588
傳　　真：02-2299-7900

內頁排版：宸遠彩藝
印　　刷：漾格科技股份有限公司
出版日期：2021 年 7 月 初版一刷
I S B N：978-986-5497-67-5
定　　價：380 元

國家圖書館出版品預行編目 (CIP) 資料

起駕，回家 / 宴平樂著. -- 初版. -- 臺北
市 : 鏡文學, 2021.07
面 ; 14.8×21 公分 . -- (鏡小說 ; 47)
ISBN 978-986-5497-67-5(平裝)